「…な…に？――どう…し……ッ！」
掠れた哲史の問いかけは、
そのとき、喉が痙れるような股間への刺激に、
わずかに上擦って途切れた。
翼にキスをされていただけではない。
夢の中で感じた腰がよじれるような
痺れが何であるのかを今更ながらに思い出して、
哲史は呻いた。
「や……だッ。つば…さッ……」
「いいから、イけよ。このままじゃ、
おまえもキツイだろ？」

くされ縁の法則③

独占欲のスタンス

くされ縁の法則 3

独占欲のスタンス

吉原理恵子

13826

角川ルビー文庫

目次

口絵・本文イラスト／神葉理世

＊＊＊＊＊　プロローグ　＊＊＊＊＊

胸の粒を指の腹で押し潰《つぶ》されると、チリ…と喉《のど》の奥が灼《や》けた。

撫《な》でるように、緩《ゆる》く。

……きつく。

転がされて。

擦《こす》られて。

——尖《とが》る。

快感に根が張り、吐息《といき》がうねる。

指先で摘《つ》み取られて揉《も》まれると、少しだけ……痛い。

けれど。

哲史《てつし》は知っている。

チクリとした痛みが、やがて、甘い疼《うず》きに変わるのを。

甘い痛みがチリチリ疼くほど乳首《ちくび》を弄《いじ》られて、その尖りを舌の先でチロチロと舐《な》められると、快感が擦れて、ジン…と腰が痺《しび》れた。

舌を絡めて吸われると、芯《しん》が通る。

その芯ごと甘咬《あまが》みされると、腰がよじれて微熱が熟《う》んで。触《ふ》れられもしないのに股間《こかん》のモノがゆったりと頭をもたげてくるのがわかる。

弾けるには物足りなくて、もどかしい――快感。

さわってほしくて……焦《じ》れる。

中途半端《ちゅうとはんぱ》に疼く痺れの先に、蕩《とろ》けるような愉悦《ゆえつ》の渦《うず》があることを知っているから。

握ってほしくて……腰が揺れた。

溜《た》まっていくだけの熱がキリキリと疼いて、どうしようもなかった。

(翼《つばさ》……して)

(翼ぁ……さわって)

(――つば…さぁ……)

うねる鼓動の熱さに、半ば無意識に掠《かす》れた喘《あえ》ぎが漏《も》れた。

――とたん。

『……いいぞ』

頭の芯をズクリと刺《さ》し貫《つらぬ》くような甘い声が響《ひび》いて。哲史は、脚《あし》の付け根から待ち望んだ快感がゆったりと這《は》い上がってくるのを感じて、爪先を反り返らせた。

そのとき。

哲史は。

泥沼にズンと沈み込んでいくような重苦しさと、息苦しさ。そして、馴染《なじ》んだ……というにはあまりに露骨なうねりが股間を直撃《ちょくげき》するのを感じて、顔を歪めて呻《うめ》いた。

いや。

呻いたはずなのに、なぜか、声が——出ない。

ナンデ？

——ドウシテ？

訳もわからず、もがいて。

もがききれない息苦しさに、ふと……気付いて。

思わず、パニクりかけた。

——瞬間《しゅんかん》。

いきなり、『バチッ』と目が覚めた。

（……あ……れ？）

そして。

――知った。

もがいても身動きできない重苦しさと息苦しさが、何であるのかを。

(あ……えぇぇッ?)

キス――されていたのだ。

(…つば…さ?)

翼に。

(――なん…で?)

薄闇《うすやみ》の中。自分を抱き潰してキスを仕掛《しか》けているのが翼だと、哲史は信じて疑いもしない。疑うこともできないほど、そのキスに馴染んでいる自分を知っていたからだ。

すると。

好きなだけディープなキスを貪《むさぼ》っていた翼は、『クチュリ』とあざとい口吻音《こうふんおん》を残して、

「なんだ。目が覚めちまったのか?」

悪びれもせずに囁《ささや》いた。

「…な…に?――どう…し……ッ!」

掠れた哲史の問いかけは、そのとき、喉が痙《ひきつ》れるような股間への刺激に、わずかに上擦《うわず》って途切れた。

翼にキスをされていただけではない。夢の中で感じた腰がよじれるような痺れが何であるの

かを今更《いまさら》ながらに思い出して、哲史は呻いた。

「や……だッ。つば…さッ……」

「いいから、イけよ。このままじゃ、おまえもキツイだろ?」

耳たぶを甘咬みして哲史を唆《そそのか》す囁きは、甘い。

「…んッ…あッ……ぁぁぁ……」

「――ほら。出せ…って」

普段の冷然とした口調が嘘《うそ》のように。

「我慢《がまん》すんなって。次は……ちゃんと飲んでやるから。ほら、イけよ」

唆して、吐精を促《うなが》す翼の手淫《しゅいん》に、哲史は、こらえきれずに弾けた。

ドクドクドクドク…………………。

鼓動は耳障《みみざわ》りなほどに逸《はや》る。

だが。訳もわからないままにいきなり全力疾走《しっそう》させられた身体は、快感よりも疲労《ひろう》感の方が勝《まさ》った。

喉が、やけに渇く。

唇《くちびる》を舌で何度も湿《しめ》らせて、ようやく呼気が元に戻ると。哲史は、翼に恨《うら》みがましい目を向けた。

「何?――なんな、わけ?」

「何…じゃねー。一人で先に、さっさか寝ちまいやがって」

「だからって、人の寝込みを襲《おそ》うなよ」

「週末の土曜だぞ。おやすみのちゃっちーキスで我慢しろってのか？」

言われて、ハタと思い出した。

週末はセックス解禁日。

ごくフツーの高校生である哲史――翼だって同じだが――にとって、『フツー、両想《りょうおも》いなら、一日中ガンガンやりまくりだろ』

それを声高《こわだか》に主張する翼とのセックスは、哲史の負担が大きい。だから、濃いセックスも週末なら『OK』と決めたのだが……。

「あ……でも、だって……おまえ遅《おそ》いから……。だいたい、今、何時だよ？」

「何時でもいい。週末に変わりねーだろうが」

「や……だから」

とたん。

「――何？　嫌《いや》なのか？」

トーンだけが、スッと沈んだ。

「イヤ……じゃないけど」

「あー……そういえば、おまえ、今日は朝一からめいっぱい龍平《りゅうへい》と遊びまくってたんだったよな。それで、俺の帰りを待てないくらいに疲れちまったわけか？」

更に低く、翼は嫌味を連発する。

「遊びまくってたわけじゃねーって」

今日は、龍平の買い物に付き合っていたのだ。バッシュの紐《ひも》とか、トレーニングウエアーとか……いろいろ見て回っていたのだ。

「一日、龍平に独占《どくせん》させてやったんだから、今からは俺の番だろうが」

ほんの目と鼻の先できっぱりと言い切られて、哲史は返す言葉に詰《つ》まる。

(そんなことで張り合わなくても……。翼って、変なトコで妙《みょう》にガキっぽいよな)

それを口に出せば、たぶん、翼は激憤《げきふん》するだけだろうが。

それでも。

(まっ、いっかぁ。どうせ、目が覚めちゃったし)

哲史の前でだけ素《す》の顔を素直に曝《さら》け出す、そんな翼が好きなのだ。哲史が、自分の全《すべ》てを投げ出してもいいと思えるほどに。

それを思って。

哲史は自分から手を伸ばした。いつになくブスくれた翼を抱きしめるために。

***** I *****

月曜日。

ジトジトとした雨に祟《たた》られた週末とは打って変わって、その朝は五月晴《さつきば》れ。

サンシャイン・モーニング。

ブルー・スカイ。

フレッシュ・グリーン。

グローイング。

スパークリング。

エキサイティングッ！

鼻歌交じりにそんな横文字系が似合いそうなほど、何もかもがすっきりと鮮《あざ》やかだった。

なのに。

ウキウキと弾けるほど爽《さわ》やかなのは雲ひとつない週明けの天気だけで、朝のHRが始まる前の沙神《さがみ》高校では、新館・本館校舎を問わず、何やら、不穏《ふおん》にざわついていた。

その日。

いつもは、笑顔の『おはよう』で始まる和《なご》やかな登校時の挨拶《あいさつ》は。

なぜか。

「なぁ、聞いた?」

「ねぇ、知ってる?」

「知ってっか、おい?」

「ちょっとぉ、聞いたんだけど」

額を寄せ合い。

其処《そこ》かしこで。

ひっそりと。

——交《か》わされた。

『怖《こわ》いもの知らずの一年』が。

『団体』で。

『杉本哲史《すぎもと》』を。

『駐輪場《ちゆうりんじよう》』で。

『卑怯者《ひきようもの》呼ばわり』の。

――吊《つ》るし上げ。


トーンは低く控《ひか》え目でも、ザワザワとした囁きは止まらない。

そのリアクションは、

「えーッ」

「ウソ……」

「ホントに？」

「――マジで、か？」

更に顕著《けんちょ》で。

驚愕と。

衝撃と。

興奮――のトルネード状態。

そうして。

興味津々《きょうみしんしん》、その話題でひとしきり盛り上がった後は、

「バッカじゃないの」

「何、考えてんだかなぁ」

「こないだ、あんなことがあったばっかりなのに……」

「学習能力ないよねぇ」

「恥の上塗《うわぬ》りじゃない？」

「今年の一年って、ホント、アタマ悪すぎ」

どの口からも同じように辛辣《しんらつ》な台詞《せりふ》が零《こぼ》れ。

最後の最後は当然のことのように、

『蓮城翼《れんじょう》』

その名前が取り沙汰《ざた》されて。

「たぶん」

「……きっと」

「…………やっぱり」

囁きは、更に低く。

「シメ上げて……」

「シバき倒して」

「バキバキの……」

「——ズタボロだろ」

どんよりと落ち込んだ。


ザワ。

……ザワ。

…………ザワ。

ひそ。

——ひそ。

————ひそ。

ソワ。

……ソワ。

…………ソワ。

まるで、寄せては返す波のように。

あるいは、湖面を叩《たた》く雨粒のように。

または、林床《りんしょう》を吹《ふ》き抜ける突風《とっぷう》のように。

そこで。

ここで。

向こうで。

リンクして弾ける不穏なざわめきは止まらない。

そんな周囲の落ち着きのなさを片耳で聞き流しながら、スキャンダラスな噂《うわさ》のド真ん中にいる哲史は、

(はぁぁ…………)

自席で、ひっそりとため息を漏らす。

【他人の不幸は蜜《みつ》の味】

それがどれほど甘いのか……。

哲史は知らない。

毎度、毎度。

気が付けば、いつも。

……どこでも。

その『蜜』の渦中《かちゅう》に哲史自身が在《あ》って。集《たか》られて、毟《むし》られて、舐め啜《すす》られるばかりだったので。

まぁ、取り立てて、その味を知りたいとも思わなかったが。

そういうわけで。

『朝っぱらから、視線が痛い』

――と嘆くには、こんなことにはすでに慣れっこになってしまって。

気分が滅入《めい》る――というよりは、肌《はだ》にザラつく感覚がちょっとだけ……ウザイ。

そんなものだから。

差し当たっては頬杖《ほおづえ》をついたまま、

（みんな、暇《ひま》だよなぁ）

そう思うだけで。

居たたまれなさに伏せた顔が上がらない……わけでも。

心臓のドキドキが止まらない……わけでも。

妙に尻がムズムズして落ち着かない。

――なんてことも、なかった。

強がりじゃない。

片意地を張っているわけでもない。

ただ……。

（やっぱ、面《ツラ》の皮はけっこう厚くなったよな）

――とは思うが。

騒がれて。

囃《はや》し立てられて。

それで、いちいちリアクションするのも疲れるだけで。

相手がそれを期待して、面白《おもしろ》がっているのが見え見えだったりするし。

だったら。

相手にしないで堂々と無視するのが一番……かなと。

そのせいか。冗談《じょうだん》でも、その『噂』の真相を哲史に問い質《ただ》そうとする者はいなかった。

――が。

『アレ』や。

『コレ』や。

『ナニ』や。

――で。興味深げにチラチラと寄せられるあからさまな視線は、ある意味、口以上にモノを言った。

(やっぱ、鳴海《なるみ》の言った通りになっちゃったよな)

それこそ、今更……ではあるのだが。

放課後の駐輪場で、一年の男女の集団に取り囲まれて妙な『因縁《いんねん》』を吹っかけられたのは、先週の金曜日のことだ。

そいつらは『お願い』だと言ったが、哲史にしてみれば、
(ナンデ、ソウイウコトヲ俺ニ言ウワケ？)
不快を通り越《こ》して、
(根本的ナトコデ読ミ違エテンダヨナ、コイツラ)
不本意の極《きわ》みであり、
(……ックク、面倒《めんどう》クセーナ)
正義漢気取りの無神経な『ゴリ押し』以外の何モノでもなかった。
自分たちのやっていることは、純粋《じゅんすい》な善意から出た行為で。
悪意の欠片《かけら》もなく。
誰に聞かれても胸を張って誇《ほこ》れる。
——と。
そう信じて疑いもしない思い込みほど、ウザイものはない。
善意も。
好意も。
親切も。
立っている位置が違えば、押しつけがましいただのお節介《せっかい》である。
だから、哲史は、

『自分のしてほしいことは他人にもしてあげましょう』

……的な考え方が嫌《きら》いだった。

ゆえに、哲史の基本的な信条は、

『自分のしてほしくないことは、他人にもしない・言わない・聞かない』

――である。

けれども。いくら哲史がそれを実践《じっせん》していたとしても、降りかかってくる火の粉はどうしようもないのであった。

ウザくて。

無神経で。

押しつけがましい――願い事。

その元凶《きっかけ》になったのは、先々週の『蓮城翼の親衛隊』――むろん本人は非公認《ひこうにん》だが――を名乗る連中と哲史のトラブルである。

昼休みになると、翼は毎日、もう一人の幼馴染《おさななじ》みである市村龍平《いちむら》とともに哲史のクラスで一緒に弁当を食べるわけだが。そのとき、翼が座る『王様の椅子《いす》』を持ってくるのが親衛隊の日課だった。

もちろん、翼が頼んでやってもらっているわけではない。

とりあえず、昼飯を食うのに邪魔《じゃま》にならないから、好きにやらせているだけ。

誰の目にも見え見えな現実がわかっていなかったのは、当事者である自称《じしよう》『親衛隊』の連中だけだった。

御大層《ごたいそう》なネーミングの下僕志願。

思い込みによる自惚《うぬぼ》れと滑稽《こっけい》さは、紙一重《かみひとえ》。

無自覚という名の、厚顔無恥《こうがんむち》。

そんなものだから、周囲の者たちから嘲笑《ちょうしょう》と皮肉を込めて、

『蓮城翼の椅子持ち《ケツ》』

と呼ばれても、いっこうにメゲることはなかった。

しかし。

どんなに密《ひそ》やかな『夢』であっても、それがほんのわずかでも叶《かな》ってしまえば、その瞬間から、ただの夢は『欲』にすり替《か》わってしまうものなのだ。

『何の見返りも求めない無償《むしょう》の好意』

詭弁《きべん》である。

偽善《ぎぜん》……である。

少なくとも。後光と言うには強烈《きょうれつ》すぎる翼のオーラに目が眩《くら》んで、周囲どころか、自分の足《あし》下《もと》も見えなくなっている十五・六歳の生意気盛《ざか》りの少年たちにとっての『好意』はただの行為《ボランティア》ではなく、

【振り返ってほしい】

【認めてもらいたい】

【構ってもらいたい】

そういう欲望に直結した『自己主張』でしかない。

もっとも。

素直に自己主張するには『蓮城翼』という絶壁《ハードル》は異様に高すぎて、年下のパンピーごときが取り付く隙間《すきま》もない。だから、親衛隊などと声高に名乗って徒党《グループ》を組むしかないのだろうが。

容姿端麗《ようしたんれい》。

頭脳明晰《めいせき》。

暴言全開。

容赦皆無《ようしゃかいむ》。

質実剛胆《ごうたん》。

眼光怜悧《れいり》。

時折凶暴《きょうぼう》。

以下――etc.

そんな半端でない存在感を誇示《こじ》する翼との幼馴染み歴も十年目で、

『翼に魅《み》せられたコアなファン心理』

とか。

『下僕志願の屈折《くっせつ》した感情表現』

――とか。

そこらへんのことは、翼本人よりも熟知している……というよりはむしろ達観している感のある哲史なので。今更、翼絡《がら》みの嫌がらせや嫉妬、欲求不満の八つ当たりなどでは滅多《めった》に動じることもない。

こんなことで『慣れ』るのも、本当はどうかと思うのだが。『大丈夫《だいじょうぶ》』ときっぱり言い切ってしまえるほどには、充分、肝《きも》も据《す》わってしまっている。

――が。

さすがに、実害が伴《ともな》ってしまうと話は違ってくる。

日頃は、周囲のことなど無関心の権化《ごんげ》である美貌のカリスマ――翼の本性《ほんしょう》は、

『天使の顔を持つ恐怖の大魔王《だいまおう》』

――である。

中学時代には、

『地獄の大天使《ヘル・エンジェル》』

ベタすぎて笑えないニックネームで密かに呼ばれていたほどだ。

自分のことが『どこ』で。『誰』に。『どんなふう』に取り沙汰されようが、まったく興味も

関心もない翼だが。唯一の例外の特別は、哲史であった。

「哲史《あいつ》は俺のモノ」

目で。

口で。

……態度で。

小学生の頃から所有権を主張し続けて、早十年。執着心《しゅうちゃくしん》も、独占欲も、ワイヤーロープ並みの筋金入りであった。

唯一の肉親であった哲史の祖母が亡《な》くなって翼の父がその後見人となり、哲史が蓮城家の家族としてひとつ屋根の下で暮らすようになってからは、所有欲《それ》は薄《うす》れるどころかますます顕著になった。

——とはいえ。

冷然としたオーラ出まくりの上に、視線ひとつで周囲を凍《こお》らせることに関しては右に出る者がない翼の普段が普段なので。こと哲史に関して、氷の美貌の下で人並み以上にグラグラと熱い血が煮《に》えたぎっていることを知っているのは、当然、幼馴染みの哲史と龍平だけである。

逆に言えば。

たとえ『傲岸不遜《ごうがんふそん》な大天使』であっても、その気になれば友人——あるいは下僕志願だったとしても——など選《よ》り取り見取りな翼が、なぜ、パンピーな哲史にしか懐《なつ》かないのかという疑問は沙神高校の七不思議のひとつだったりするのだが。今更、その理由を懇切丁寧《こんせつていねい》に説明する気は微塵《みじん》もない哲史であった。

そんなものだから。

翼的には。

哲史にくだらない因縁《いんねん》を吹っかけて嫌がらせをするような奴はむろんのこと、特に、自分のファンを騙《かた》って哲史に筋違《すじちが》いの八つ当たりをするような連中には、

「利子を付けて三倍返し」

キッチリと公言しているほどで。相手がどこの何様であろうが、性別も年齢も関係なく、徹《てっ》底《てい》的に叩き潰さなければ気が済まないタチなのだった。

沙神高校の二年・三年生は、昨年、嫌というほどそれを学習させられて、さすがに、今更墓穴を掘りたがるようなバカはいなかったが。今春、入学してきたばかりの一年生は当然のごとく真っ新《さら》状態で、その手の免疫《めんえき》は皆無だった。

不運——と言えば、不運だが。高望みをしてくだらない欲をかかなければ、大魔王の逆鱗《げきりん》に触れることもないわけで。

そこらへん。

過去一年間、高い授業料を払って学習させられた上級生たちは、

『自分たちばかりが損をするのは割に合わない』

とでも、思っているのか。

それとも、

『ただの傍観者《ぼうかんしゃ》であれば、哲史絡みのトラブルも学園生活の刺激剤《カンフルざい》』

――なのか。

あるいは、

『伝聞を聞きかじるだけでは真実の影を踏《ふ》むこともできないから、ぜひとも実体験すべき』

そういう思い込み《ポリシー》でもあるのか。

要するに。

『聞かれもしないことをわざわざ教えてやる義理はない』

――らしく。

今年の新入生には、沙神高校の暗黙《あんもく》の不文律であるところの、

【蓮城翼に睨《にら》まれたくなければ、杉本哲史とはトラブるな】

その申し送りは為《な》されなかった。

そういうわけで。親衛隊の連中が下校途中の哲史を待ち伏せして悪口雑言を吐きまくり、その上、サブバッグで殴《なぐ》って傷を負わせたことを知った翼が激怒《げきど》し、そいつらをきっちりシメたのが先々週。

心酔《しんすい》……どころか崇拝《すうはい》しきっていた分、思ってもみない翼の大魔神《ブラック》ぶりが予想外の大ショッ

クだったのか。

その場のノリでやってしまった代償《だいしょう》の大きさに気付いて、愕然《がくぜん》としたのか。

それとも。

他人の不幸は蜜の味——ばりに、興味本位でズクズクと突き刺さる周囲の視線の痛さに耐えられなかったのか。

結局。自分でやったことのケジメも満足に付けられずに『不登校』という安易な逃げに走る者が続出してしまった。

そんな不様な根性ナシのために、とあるクラスの級友たちが何を勘違《かんちが》いしたのか、義憤《ぎふん》に駆《か》られて哲史に直談判にやってきた。

——のが、今回のスキャンダル騒ぎの原因になっているわけだが。

まさか、哲史も、

「自分のせいで後輩《こうはい》が不登校になったとか言われるのは嫌だろう」

そんな的外れも甚《はなは》だしい嫌味を投げつけられた挙げ句に、

「親衛隊との喧嘩《けんか》に負けた腹いせに、その仕返しを蓮城翼に頼んだ卑怯者」

呼ばわりをされるとは思ってもみなかった。

思い込みもそこまでいくと、ある意味、目から鱗《うろこ》……というか。

一方的に糾弾《きゅうだん》されて、ただビックリ……というか。

自分たちのやっていることが『善意の正義』だと信じて疑わない連中の稚気《ちき》に呆《あき》れ返って、言葉に詰まってしまった。

さすがの哲史も、それ以上、まともに相手をしてやるのもバカバカしくなって。

最後の最後に、

「クラスのみんなで可哀想《かわいそう》な根性ナシを守《も》り立てていこう——なんて、カッコよくて気分がいいんじゃない？　だからって、本人が感謝してるとは限らないけどさ」

「俺なら……いらないけどね。そういうお節介は。傷口おもいっきり抉《えぐ》られてるようで、ムカツク」

ピシャリと言い放って、その場を立ち去ったのであった。

見え見えの喧嘩を売られても、激情に駆られてその場で衝動買《しょうどうが》いすることなど滅多にない哲史だが。だからといって、ただ言いたい放題に言われているわけではない。

行き過ぎた我慢は美徳ではなく、忍耐にもそれなりの限度がある。

哲史は別に、事勿《ことなか》れ主義ではない。

長いモノに巻かれるのが好きな性質《タチ》でも。

日和見《ひよりみ》主義に徹しているわけでもない。

暴力はキライだが。時と場合によっては、否定もしない。

状況《じょうきょう》にそぐわない理想論よりも、必要悪に共感する。

『大切なモノ』

──と。

『喪《うしな》いたくないモノ』

そのボーダーラインは曖昧《あいまい》なようで、哲史の中ではキッチリと明確な線引きがあった。

それが自分にとって譲《ゆず》れないことなら我慢はせずに、言葉で嬲《なぶ》られた分はキッチリと撲《は》り返す。

それが、哲史のポリシーだった。

すると。たいがいの連中は『噂』とはずいぶん違う哲史の態度に面喰《めんく》らって、あるいは、思いがけない反撃《はんげき》に驚愕して。否応《いやおう》なく、バカヅラを曝《さら》す羽目になるのだ。

もちろん。哲史を『卑怯者』呼ばわりしてくれた一年集団も例外ではなかったが。

そのとき。

なぜか。

ちょうど、その場にいたのが鳴海貴一《きいち》だったのだ。

しかも。

駐輪場で、何の予告もなく、いきなり始まってしまった哲史と一年組との押し問答に、後々のトバッチリを恐れて帰るに帰れなくなってしまったらしい自転車通学組が遠巻きに溜《た》まっていたことも禍《わざわ》いして、

「これで、来週頭《アタマ》の朝のＨＲの話題はバッチリ決まったな」

鳴海の予言通り、朝から、ガソリンぶっかけ状態である。

親衛隊とのトラブル騒ぎもいまだに燻《くすぶ》ったままなのに、また、新たな火種が勃発《ぼっぱっ》してしまった。

哲史的には不本意の極《きわ》みであって、まさに、

（なんで、こうなるかな）

ため息の嵐である。

鳴海は、ついでのオマケのように、

「杉本。今年も早々と、スキャンダル帝王《キング》の復活だったりしてな」

軽口を叩いてくれたが。冗談でも、そんなことは言われたくない哲史だった。

その上。

最悪なことに。

翌日の土曜日には、久々に龍平と出かけた先のスポーツ用品専門店で、なぜか、哲史をサブバッグで殴って怪我《けが》をさせた親衛隊のリーダーである佐伯翔《さえきしょう》と鉢合《はちあ》わせをしてしまった。

自分のやったことを反省して謝罪するどころか、ところ構わず喧嘩《けんか》腰《ごし》で嫌味を連発する佐伯に、普段は滅多に声を荒げることのない龍平の堪忍袋《かんにんぶくろ》の緒《お》が擦《す》り切れかかって、すんでのところで場外乱闘《らんとう》になるところだった。

翼とは真逆《まぎゃく》の意味で感情の臨界点が異様に高い龍平だが、さすがに、

「俺——あいつ殴っちゃっても、いいかな？」

その言葉が龍平の口から零れたときには、哲史もモロに焦《あせ》ってしまった。

ボソリと漏れたその異様に低いトーンは、龍平の忍耐が擦り切れかかっているレッド・シグナルであった。

日頃は『癒《いや》し系脱力《だつりょく》キング』などと言われる龍平の顔から見慣れた優《やさ》しげな笑顔が消え失《う》せて、その口調からまったり感が抜け落ちてしまうと、それは大層なド迫力《はくりょく》があって。

なにせ、コートの中の格闘技と言われるバスケ部の精鋭《エース》である。

ハードな部活で鍛《きた》えられた筋肉質の剛腕《ごうわん》は、ただの張りボテではないのである。

本当に、龍平がキレるということなど滅多にないだけに、大魔神も真っ青なその変貌《へんぼう》ぶりを目《ま》の当りにすると、たいていの連中はビックリ仰天《ぎょうてん》で度肝《どぎも》を抜かれる。

唖然《あぜん》。

……呆然《ぼうぜん》。

…………絶句、である。

下手をすると、その衝撃度は翼のそれを軽く踏み越えてしまうかもしれない。

幸いにして、龍平が佐伯を殴り倒すことはなかったが。

でも。

――きっと。

思いもしなかった龍平の大魔神な片鱗《へんりん》を見せつけられて、佐伯は、ある意味、翼にシバき倒されたとき以上に泡《あわ》を喰《く》ったことだろう。

本当に、あれで懲《こ》りてくれれば哲史的には万々歳《ばんばんざい》――なのだが。

『去年の文化祭で翼に一目惚れして、テニスの特待生を蹴って沙神高校に入学した』

などと。臆面《おくめん》もなく公言しているような奴だから、翼への入れ込み方は半端ではないのかもしれない。

それを思うと、哲史は、何やら頭が痛い。

実は。金曜日の駐輪場での一件はどうせすぐにバレることなので、哲史の口から翼の耳にも入れておいたが。土曜日の『NAJIMA』でのことは、まだ翼にも内緒《ないしょ》だったりする。

そこらへん、普段は天然だが決して軽口ではない龍平なので自分からペラペラ吹聴《ふいちょう》して回る……なんてことはない。

――が。その場には、龍平と同期のバスケ部の面々もいたことではあるし。

今更のようだが、

(やっぱ、キッチリ口止めしといた方がよかったかな)

そんなふうにも思えて。

いや。

それを言うなら。一番厄介《やっかい》なのは、甚だしく思い込みの激しい佐伯……だったりするかもしれない。

（あの調子じゃ、あったことを自分流に好き勝手に脚色《きゃくしょく》して、どこで、何を吹《ふ》きまくるかわかんねーよな）

自分一人ならば、別に何を言われても今更傷ついたりはしないが。自分のトバッチリで龍平まであれこれ言われるのは、嫌だった。

哲史がそれを口にすれば、龍平は真剣《しんけん》に怒るか、あっさり笑い飛ばすか。そのどちらかに決まっているが。

金曜日に続いて土曜日も二連ちゃんでトラブル続き……ともなると、さすがに、

（ホント、親衛隊の一件がしつこく祟ってるよなぁ）

哲史のため息はどっぷりと重かった。

あったことを無かったことにするつもりは、更々ない哲史だが。それだって、程度もので。毎度のことながら、あったことに更なる『色』と『憶測《おくそく》』を付けまくって、そこかしこで派手に燃え広がるのだけは勘弁《かんべん》してもらいたいと思う哲史だった。

だが。

（今日一日を無事に乗り切ってさえしまえば、まぁ、なんとかなるかも……）

そんな哲史の切なる願いは、思いがけないところから見事に崩《くず》れ去った。

＊＊＊＊＊　II　＊＊＊＊＊

そのとき。

二年三組の教室に。

「テッちゃんッ」

予期せぬ雷鳴《らいめい》が轟《とどろ》いた。

怒鳴り声ではない。

わめき声——とも違う。

けれど、耳の奥までビリビリと痺れるような強《こわ》い声。

いつもの、やんわりと甘く優しい響きなど欠片《かけら》もない龍平の声に、クラスのざわめきが『ヒクリッ』と軋《きし》んで裏返る。

もしも、その呼びかけが『テッちゃん』でなければ、誰一人《ひとり》として、それが龍平の口から発せられたモノだとは気付かなかっただろう。

それほどに、いつもの龍平とのギャップは大きかった。

むろん。耳慣れない怒鳴り声であろうが、聞き慣れない泣き声であろうが、十年来の幼馴染みの声を哲史が聞き違えることはなかったが。

当然のことながら。いつもだったら、無条件に龍平を歓迎《かんげい》する女生徒たちのハイトーンな嬌声《きょうせい》も上がらない。

エ？……。

――ウソ。

どの顔も、ショックありありだった。

癒し系脱力キングが、いきなり、何の予告もなく春の日溜《ひだ》まり状態から脱皮・変身《メタモルフォーゼ》してしまったら、それは……思わず我が目を疑うだろう。

もちろん。女子だけではなく、驚愕の連鎖《れんさ》は男子の脳天をも直撃した。

ナニ？

……ナンダ？

…………ドウシタ？

突然の出来事に声もなく双眸《そうぼう》を見開いて固まるクラスメートには眼《め》もくれず、ズカズカと大股《おおまた》で一直線に歩み寄ってくる龍平の顔に――笑みはない。

日頃は、和んでいる眉根《まゆね》も。

はんなりとした眦《まなじり》も。

綻《ほころ》んでいる口の端《はし》も。
なぜか――わずかに吊り上がりぎみである。
（……なに？　龍平の奴、どうしちゃったんだ？）
朝一で一緒に登校してきた龍平は、確かに、いつもの龍平だった。
哲史を間に挟《はさ》んで連れ立った翼の怜悧な無表情が際立《きわだ》つほどの、笑顔満開で。
いつものように。
よく、しゃべり。
大型犬が飼い主にジャレつくように、ブンブン尻尾《しっぽ》を振りまくり。
くったくなく……笑い。
いつもと同じように。
最後は、
「ンじゃあ、ねぇ♡」
ヒラヒラと手を振って龍平のクラスの前で別れた。
なのに。
――なぜ？
それを思ってまじまじと凝視《ぎょうし》する哲史に、龍平は、
「テッちゃん」

グイと詰め寄り。

その、いつもとは違う押し出しの強さに、

「な……なに？」

思わず腰が引けてしまった哲史の眼を見据《みす》え、

「先週の金曜の帰りがけ、駐輪場で一年に『親衛隊との喧嘩に負けた腹いせにツッくんに仕返しを頼んだ卑怯者』呼ばわりされたって……ホント？」

畳《たた》み掛《か》けるように、それを言った。

——瞬間。

（…っちゃあ……）

哲史は、思わず言葉を呑《の》み込んだ。

（……バレてるよぉ）

いや……。

哲史だけではなく。

『いったい何事？』

——とばかりに、視線を尖らせ。

『一言も聞き逃《のが》すまい』

——と。そこら中で聞き耳を立てていた連中ですらもが、一様に、ハッ…と息を詰めた。

朝っぱらから全校を派手に駆《か》け巡《めぐ》る『噂』の真相。

知りたいけど。

本人には……聞けない。

聞きたくても。

自分からは——言えない。

ヒソヒソと声を潜《ひそ》めても、おおっぴらには口にできない。

対岸で眺《なが》めている分には、実害はないけど。

下手に首を突っ込んだら、トバッチリの火の粉が降りかかってきそう。

話題には乗り遅れたくないけど。

情報はしっかり摑《つか》んでおきたいけど。

でも。

……だって。

…………やっぱり。

どうにも、こうにも。哲史の背後には『蓮城翼』の影がチラついて。

それを考えるだけで。

あとの祟りが——コワイ。

そんな。誰もが、哲史に面と向かっては言えなかった、聞けなかった台詞をいとも簡単に口

にして、

「ホントなの？」

龍平が問い詰める。

龍平だから……。

いや。

龍平にしかできない正攻法な荒技《あらわざ》に内心唸《うな》りながら、クラス中の誰も彼もが更に息を潜め、目を逸らさず、興味津々に哲史の返事を待っていた。

（ヤ……そんな、派手に期待してもらってもなぁ）

スキャンダラスにガンガン燃え広がっている噂に、この上、自分からドバドバとガソリンをブッかけたくないのは当然のことであって。できることなら、このままバックレてしまいたい哲史だった。

しかし。

『俺、絶対、ホントのこと聞くまでここを動かないからねッ』

――と言わんばかりの顔つきで答えを迫《せま》っている龍平をテキトーに誤魔化《ごまか》すことなど、哲史であっても至難の業《わざ》であった。

「えっ……とぉ……」

シン……と静まり返った中、哲史の声はわずかに掠れて上擦《うわず》っていた。

「そいつら、ツッくんにシメられて不登校になってる根性ナシのクラスの奴だって？」

言い淀《よど》む哲史とは逆に、龍平の舌鋒《ぜっぽう》は鋭い。いつもの甘やかな物言いがまるで嘘のように。

「あ……それは、だな」

「一年の、何組？」

「だから……」

「どこのどいつが、テッちゃんにそんな暴言吐きまくったの？」

瞬《まばた》きもせずに哲史の眼を見つめる龍平は、めっきり、マジである。

ことさら声を荒げているわけではないのに。だが、とても穏《おだ》やかとは言いがたいトーンの低さは、全校女子の憧《あこが》れの『腰砕《こしくだ》け』ボイス……どころか、ヒジョーに心臓に悪い。

（ちょっと……りゅーへー……。おまえ、朝っぱらから、そんなマジになるなってぇ）

さすがに、哲史の顔も強ばる。

すっかり忘れていたのだ。そのことを龍平に話しておくのを。

周囲の露骨なざわめきを横目で流し見ながら自席に着いて、ようやくそれに気付いた。

（あ……）

——とは思ったが。マズった、とまでは思わなかった。

（まっ、いいか。あとでも……）

ぐらいのことで。

考えてみれば。哲史のクラスの中でもこれだけ派手に盛り上がっているのだから、その噂が龍平の耳に入らないはずはない。

ポヤポヤしているようで意外に情報通であるのは、この間の『NAJIMA』の一件で哲史にもよくわかった。

——が。

それでも。

さっきの今で、まさか……こんなふうに、龍平が血相を変えてソッコーで直談判にやってくるとは思わなかったのだ。

——甘かった。

哲史的には。もしも、それを龍平が口にしたら、それは、そのときにでもいいし。最悪、昼飯を食ったあとにでも、ゆっくり話せばいいか。

……などと楽観していたのだが。

——目測を誤った。

しかも。とても冗談なんかで笑い飛ばせそうにないオマケ付きで。

——最悪。

(いつもの龍平じゃないってば。もしかして……やっぱり、土曜日の佐伯との一件がいまだに燻《くすぶ》ってたりすんのかな)

そんなことがチラと頭の縁《へり》をよぎった。

とたん。

「腹立つなぁ、ホント」

ボソリ……と、龍平が漏らした。

いや。『ボソリ』というには十二分に怒気がこもりすぎて。その響きは、息を潜めて成り行きを見つめていたクラスメートたちの鼓動をも鷲摑《わしづか》みにした。

ドクドク……と。

……キリキリ、と。

疼くような幻痛《げんつう》すら覚えて、彼らは、声もなくさざめいた。

万年日溜《ひだ》まり状態の『あの市村』が。

『マジ』で。

『怒って』る。

そりゃ、やっぱ……。

ヤバイだろ。

マズイだろ。

一大事だろ。

——と、ばかりに。

彼らの記憶には、昨年のバスケ部の乱闘事件の顚末《てんまつ》がいまだに色褪《いろあ》せることなく、くっきり深々とこびりついていた。

放課後の体育館。

龍平の部活を見学しに来ていた哲史を名指しで、

『翼と龍平の二股《ふたまた》をかけてタラシ込んで骨抜《ほねぬ》きにしている腐《くさ》れホモ』

呼ばわりしたバスケ部の先輩《せんぱい》部員に、龍平がブチキレたのだった。

なにせ。

彼らには。

日頃の『甘さ』も蕩けるような『笑顔』もかなぐり捨てて大魔神に変身した龍平——というのが、まさに青天の霹靂《へきれき》であったので。

実際に、リアルタイムでそれを目撃したのはバスケ部員と放課後のミーハーな女子群《ギャラリー》だったのだが。その衝撃は、蒼《あお》ざめて痙《ひき》つった女生徒たちのあまたの証言と異様にムッツリと黙り込んだ龍平の腫《は》れ上がった顔の青アザを目の当りにすることで一気に弾け、センセーショナルに全校生徒を震撼《しんかん》させた。

もしかして。

下手をすると、

『その再現になるのでは？』

とばかりに、男子も女子もゴクリと息を呑《の》んだ。

そのとき。

「俺……。そいつら、許さないから」

くっきり、しっかり、龍平が言い放った。

——とたん。

Uァあぁあぁあッ……。

Oォおぉおぉおッ……。

Hィぇえぇえぇッ……。

なんとも得体の知れないどよめきのウェーブが教室を駆け巡った。

しかし。

哲史は、そんなことに気をとられている余裕もなかった。

「お…おい……。ちょっと、龍平……」

あまりに剣呑《けんのん》な龍平の顔つきに、マジで焦る。

「ツッくんはさぁ、自分のファンを騙《かた》ってテッちゃんに八つ当たりして怪我させたバカな奴らをシメただけ……なんだから。だったら、そいつらをシバく権利はツッくんにあるよね？　そうでしょ？」

思わずコクコクと頷《うなず》いてしまいたくなるほど、龍平の口調は強かった。その目は、更に厳しかったが。

それが当然の権利であるかどうかは別にして、そういう奴には、

『キッチリ三倍返し』

翼の言い分が全校生徒に認知《にんち》されているのは確かなことだった。

「なのに――なんで？　どうして、テッちゃんが、何の関係もない奴らに卑怯者呼ばわりされなきゃならないわけ？」

ここまできたら、ちゃんと言葉にして龍平を納得《なっとく》させなければ収まりがつかないのは、哲史にも、よぉぉぉくわかった。

「あいつらは、正義感気取りのただのエーカッコしぃなんだよ」

今更、無理に庇《かば》い立てするような義理もないので、哲史は歯に衣《きぬ》を着せない。

――が。

「頭《アタマ》悪いだけなんじゃない？　おまえら、何様…って感じ」

龍平は、哲史以上に辛辣だった。

「だいたいさぁ。自分のやったことに何のケジメもつけないで、それなのに、ツッくんにちょこっとシメられただけで不登校になっちゃうような根性ナシなんか、ウザイよ。自分の部屋の隅《すみ》っこで、ひっそり腐れてればいいじゃない。テッちゃんを卑怯者呼ばわりの大騒《おおさわ》ぎをしてまで連れ戻す必要が、どこにあるわけ？」

辛辣すぎる本音を過激に吐きまくる。

……。

…………。

……………。

普段の龍平の、誰にでも愛想《あいそ》のよいまったりと柔らかな口調しか知らないクラスメートは、それだけでもう、呆然絶句であった。

(龍平……。おまえ、それって露骨すぎ……)

とは、思っても。哲史自身、根性ナシの連中が不登校を続けようがどうしようが何の興味もなかったので、まったくチクリとも良心は疼かなかったが。

「それが可哀想《かわいそう》だって言うんなら、テッちゃんにイチャモンつける前に、自分たちでなんとかすればいいじゃない。そうでしょ?　そいつら、その根性ナシの家に日参して説得でもしたわけ?」

哲史も、そう思うが。

そいつらの頭の中には、

『とりあえず《元凶《げんきょう》》さえ取り除いてしまえば、あとはエブリシング・OK』

それしかなかったのだろう。

そして。

その元凶には、

『喧嘩に負けた腹いせに翼に仕返しを頼んだ卑怯者』

言われた本人が唖然とするような『嫌悪《けんお》の刷り込み』が、それはもう、たっぷりと詰まっていたのだった。

「今更、それをここで蒸《む》し返したって、しょうがないって。もう、終わっちゃったことなんだし。……な？」

終わってしまったことを、いつまでもグダグダ引き摺《ず》っていてもしょうがない。

確かに。面と向かっての『卑怯者』呼ばわりはムカツクが、親衛隊とのときと違って、怪我をさせられたわけではないし。

哲史は、そう思っていたのだが。

「――あやまったの？」

「え……？」

「そいつら、テッちゃんに難癖《なんくせ》つけて『卑怯者』呼ばわりの暴言吐いたんでしょ？　そのこと、ちゃんと、テッちゃんに『ごめんなさい』…って言ったの？」

「あ……。えっ…と……」

思わず、記憶をたどって――言葉に詰まる。

「言ってないんだ？」

「ヤ……まぁ、そう……なんだけど」

（——ていうか。俺、相手してるのもバカバカしくなって、とっとと先に帰っちゃったし。それに、おもいっきり卑怯者呼ばわりされたあとに、ゴメン…とか言われてもなぁ。よけいにムカツクだけだってば）

「ごめんなさいも言えないバカヤローなんだ？」

野郎《やろう》じゃなくて、女……なんだけど。

——なんて。

さすがに、この雰囲気《ふんいき》では、ジョークにしてしまう気にもなれない哲史だった。

男も女も関係なく、辛辣に、情け容赦《ようしゃ》なくブッた斬《ぎ》るのは翼の専売特許のように言われているが。語り口が異様に柔らかいだけで、実は、龍平にもそういう意味でのジェンダーギャップはない。

【悪いと思ったら、素直にあやまる】

【嘘は吐《つ》かない】

【自分がされて嫌なことは、しない】

それが龍平のポリシーなので。

今まで、女子が龍平の逆鱗に触れるようなことをしでかさなかったのは、ただ、哲史によけいなチョッカイをかけて龍平に嫌《きら》われたくないという想《おも》いが強かったからだろう。

なにしろ。好きなモノと嫌いなモノを聞かれるたびに、

『一番好きなのは、テッちゃん』

『二番目に好きなのは、ツッくん』

『三番目に好きなのが、バスケ』

『一番嫌いなのは、テッちゃんに嫌がらせする奴』

にこやかに堂々と宣言する龍平の主張は微塵も揺らがない。

ましてや。

懲《こ》りる——という言葉を知らない男どもが、哲史に無駄《むだ》にチョッカイをかけるたびに情け容《なさ》赦なく翼にシバき倒されて自爆《じばく》するのを目の当りにして、女生徒たちの自戒《じかい》の念はますます強くなった。

——らしい。

まぁ、哲史的には、どんな理由であれ、厄介事《トラブル》が減るのであれば何の文句もないのであった。

「テッちゃんは、やさしいから、そいつらのこと許してやってもいいや……とか思ってるかもしれないけど。俺——イヤ」

「あのな、龍平」

「一人じゃ何もできないくせに集団でイチャモンつける奴らって、サイテー。俺、そういうの大っ嫌いッ」

リキを込めて吐き捨てる龍平に、哲史は、深々とため息を漏らす。

天然だ。

脱力系だ。

日溜まりだ。

——などと言われて、一見、何の悩《なや》みもなさそうに思われている龍平だが。口には出さないだけで、小学生時代、クラスの『ノロマなドン亀《がめ》』呼ばわりをされて意味もなく弾かれていた頃の記憶までなくなってしまったわけではないことを、哲史は知っている。

変なコンプレックスはなくなったが、哲史が生まれ持った『蒼瞳《そうとう》』へのこだわりが消えてしまったわけではないようにだ。

出会った頃の龍平は哲史より小さくて、本当に、見かけも中身もホワホワとした綿菓子《わたがし》のようだった。

それが、バスケを始めて。

中身も外見も、ズンズン成長して。

アッ…という間に、カッコイイ『癒し系の王子様』になってしまった。

——が。

それでも。

龍平は相変わらず、龍平のままで。自分がそんなふうに注目の的になっていると知ったときも変に驕《おご》るわけでもなく、それどころか、逆に戸惑《とまど》ってさえいた。

「だって、気持ち悪いよ。俺は俺のままでなんにも変わってないのに、ちょっとバスケが上手《うま》くなったくらいで『スゴイ』とか『カッコイイ』とか……急にみんなが俺のこと誉《ほ》めまくるなんて。なんか……変。そんなの、ぜんぜん違うって気がする」

何があってもへこたれない、マイペースだが大らかで、いつだって明るいポジティブ思考の龍平が、実はそんなふうに思っているのだと知って。哲史は、なんだか……胸の奥がズキンとした覚えがある。

龍平がキッチリと『好男子《おとこまえ》』になったのは、それは龍平が一生懸命《いっしょうけんめい》に頑張《がんば》ったからだ。その努力を、哲史は誰よりもよく知っている。

だから。今ある賞賛は、それに見合った当然の結果なのだ。

「ちゃんと頑張った人にはご褒美《ほうび》が出るんだよ。龍平、いっぱい頑張ったし。ほんと、マジでカッコイイよ?」

哲史がそれを言うと、龍平は、

「ホント? 顔も名前も知らない奴にベタベタ誉められても、なんかキモイだけだけど。テッちゃんにカッコイイって言われると、メチャクチャうれしい。俺、もっと、いっぱいガンバっちゃう」

本当に嬉しそうに笑った。

そんな龍平を間近で見ていたから、哲史も、信じられたのだ。

亡《な》くなった祖母の言葉を。

【神様は、いつでも、ちゃんと見てる】

だから。哲史も、龍平に負けないように頑張ろうと思ったのだ。

本当に『神様』がいても、いなくても。

ほかの誰かのためにではなく、自分に。

ちゃんと自分で自分に向き合って、自分のペースで頑張ればそれでいい——のだと。

「俺は別に、優しくなんかないぞ?」

本当に優しい人間なら、何事にももっと寛大《かんだい》になれるだろうが。あいにく、哲史は、そこまで人間がデキていない。

「横っ面張られた分は、ちゃんと、キッチリ撲《は》り返しといたし」

「知ってる。テッちゃん、暴力は嫌いだけど、泣き寝入《ねい》りなんかしないもんね」

「何も言わないでやられ損なんか、イヤなだけだって。でも……だからって、バカな奴らと同じレベルで喧嘩してもしょうがないだろ?」

言うべきことは、きちんと、はっきり言葉にする。

ただ。哲史的には、

『眼《め》には、眼を』

『歯には、歯を』

そんなふうに、ヤられたらヤリ返して、際限なく泥沼になるのが嫌なだけなのだ。それだけの体力も、根性もないし。

だから、キッチリ言うべきことを言ったら、あとは相手をしない。

他人が何をどう思っていようが関係ない。

そういうエネルギーは、もっと別なところで有意義に使いたい哲史だった。

「──ウン。テッちゃんのポリシーはテッちゃんのだから。でも、俺は違うから。俺……テッちゃんを卑怯者呼ばわりしたくせに、素直に『ゴメン』も言えないような奴なんか、嫌い。絶対、許さないから」

強く、揺るがない眼差《まなざ》しで龍平がそれを口にすると。

哲史は、もう、何も言えなくて。ただ、ひとつ深々と息を吐いた。

◆◇　◆◇　◆◇

ムカツク。

……ムカツク。

…………ムカツク。

（なんで？）

（どーしてッ！）

（訳わかんないッ）

あーッ。

――もぉッ。

――最悪ッ。

朝のHRのチャイムに急《せ》かされるように哲史のクラスをあとにしながら、龍平は、

（ほんッと、腹立つなぁ）

今更のように、ギリ…と、奥歯を噛《か》み締《し》めた。

いつものように登校して、二年一組の龍平のクラスで哲史と翼の二人と別れるまでは、実にスッキリといい気分だった。

昨日の日曜日に行なわれた清祥《せいしょう》高校との練習試合は沙神高校の圧勝だったし。龍平も、絶好調だった。

実は、龍平はけっこう持ち物にはこだわりがあって。それなりにジンクスも担《かつ》ぐ。

それを言うと、たいがいの連中は、

「うそ……マジ？」

「――意外」

「やっぱ、おまえでも、そういうの……あンの？」

「おまえって、プレッシャーなんかヘラヘラ踏《ふ》み潰《つぶ》していきそうなタイプに見えるけど」

ビックリする。

それで、龍平はずっと同じバッシュの紐を愛用していたわけだが。昨日の練習試合では、前日に哲史に見立ててもらった新しい紐に替《か》えてみた。

本当は、それまで使っていたのと同じモノが欲しかったのだが、ちょうど品切れ状態で。相当にくたびれて擦り切れかかっているそれの代わりに哲史が選んでくれた蛍光《けいこう》オレンジの紐は、自分にはちょっと派手かもしれないと思ったが。哲史が、

「大丈夫。これってけっこう目立つから、ダンクかましたときなんか、足下《あしもと》もバッチリ目立ってカッコイイぞ？」

そう言ってくれたのだ。

哲史の言葉通り、そのバッシュで豪快《ごうかい》なダンク・シュートを決めたときには、最高に気分が良かった。体育館の外の土砂《どしゃ》降りも、哲史と一緒に出かけた『NAJIMA』で佐伯と鉢合《はちあ》わせをしてしまった胸《むな》くそ悪さも一気に弾け飛んでしまうくらいには。

だけど。

本当に。

まさか、龍平も。あんなところで、佐伯と搗《か》ち合うとは思ってもみなかったのだ。

——いや。

正確には。龍平は、何やら喧嘩腰で憎々しげに哲史に絡んでいる『声』を聞いただけ……なのだが。

それでも。

その話しぶりから、飲料水の自動販売機《はんばいき》が設置された階段の踊《おど》り場の死角になって龍平からは姿の見えないそいつが、翼にシバき倒された『椅子持ち《ケツ》』——親衛隊の一人であることはすぐにわかった。

もっとも。

そいつが、哲史に怪我をさせた張本人の佐伯だと知ったのは、哲史とバスケ部の面々とイタ飯屋に行ってから……だったが。

翼と同様、いや——まるっきり逆の意味で激情の沸点《ふってん》が異様に高い龍平は、憤怒に駆られて頭が煮えたぎり状態になることなど滅多にない。あまりにマイペースすぎて周囲の価値観とは大きな隔《へだ》たりがあり、それを無理に埋《う》めようという切迫感《せっぱく》もなければ、他人の視線を気にすることもなかったので。

逆に。嬉しさで両頬《りょうほお》が緩《ゆる》み、脳味噌が蕩けそうになったことなら数えきれないが。

そんな龍平でも、

「市村先輩と、デート？」

白々しいほど皮肉たっぷりなその台詞は許せても。

さすがに、

「あんた、市村先輩とデキてんだろッ」

見当違いも甚《はなは》だしい言いがかりにはムカッキを隠《かく》せず。

更には、

「あの市村先輩をどうやって堕《お》としたのかは知らないけど。あの人の趣味《しゅみ》の悪さを、どうこう言うつもりはないけど。その汚《き》ったない目で蓮城さんに色目使ってんじゃねーよッ」

そんな暴言まで投げつけられて、マジギレ寸前になった。

プライドの在《あ》り方がひたすら変則的で、誰が、何を言おうがポリシーは初志貫徹《かんてつ》。意味なく世間の常識や価値観に迎合《げいごう》しないという点では翼と双璧《そうへき》な龍平は、自分のことを悪し様《あ》に罵《ののし》られただけならば、別に、どうということはなかったのだ。

自分のことをよく知りもしない赤の他人に何を言われても、別に、何とも思わない。

龍平にとって大切なのは、自分に対する賞賛でも、過剰《かじょう》に寄せられる期待でも、ましてや…

…押しつけがましい好意でもなかった。

素の自分をきちんと視《み》てくれているか、どうか。ただそれだけであった。

親衛隊の連中が哲史に怪我させたのは、もちろん業腹《ごうはら》だったが。それに関しては、いつものように翼がキッチリとケジメをつけてくれたので、それはそれでいいのだと思っていた。

――が。

「一番好きなのはテッちゃん♡」

誰の前でも堂々と公言して憚《はばか》らない哲史のことを、自分の目の前で、あぁもあからさまにコケにされては、さすがに黙《だま》っていられなかった。

翼のファンを騙って哲史に嫌がらせをするような奴をシメるのは、翼の当然の権利だ。

誰だって、自分の大切な人が傷つけられたら怒《いか》り心頭するに決まっている。

だったら。

龍平の名前をダシにして哲史を貶《おとし》める奴をシバき倒すのは、当然、自分の権利だと龍平は思った。

基本的に、龍平は非暴力主義である。

肉体的なモノだけではなく、無神経な言葉の暴力とか悪意の無視《シカト》とか、そういうモノも含《ふく》めてだが。

殴られれば、身体も心も痛む。

目に見える傷はきちんとした処置をすればいずれ癒《い》えるが、目に視《み》えない心の傷はそう簡単には元に戻《もど》らない。それを知っているから。

ニブくても。

トロくても。

ノロマでも。

痛いものは、痛いのだ。

淋《さび》しくても痛いし。

悲しくても——痛い。

それを、うまく言葉にするのが難しいだけで。

他人に、それを伝える術《すべ》がわからなくて。

誰も、龍平を待ってはくれない。

胸の奥にぽっかりと穴が開いても、誰も、それに気付いてはくれなかった。

けれど。

翼と哲史に出会えた。

二人だけが、ちゃんと、龍平の眼《め》を見てしゃべってくれた。

——嬉しかった。

とても……。

そのとき、初めて。龍平は、嬉しくても胸が痛くなることがあるのだと知ったのだ。

蕩けるように甘くて。

心地《ここち》よい……痛み。

裏も、表もない。本当のことしか言わない翼の毒舌でガツガツと小突《こづ》かれると、楽しくて元気が出た。

躓《つまず》いても。

ひっくり返っても。

どんなに時間がかかっても。

翼は自分から手を差し出すようなことはなかったが、絶対にそれを笑ったりしなかった。

哲史はいつでも、龍平が語る言葉を最後まできちんと聞いてくれた。

面倒《めんどう》がらずに、聞けば、ちゃんと何でも答えてくれる。

それが、すごく嬉しかった。

自分の家族以外に、ちゃんと自分をわかってくれる友達がいる。龍平にとっては、それが何よりも大切なことだった。

けれども。

どんなに言葉を尽《つ》くしても、わからない。

気付かない。

伝わらない。

そんな、他人の痛みに鈍感な連中が思った以上に多いのも確かなことだった。

だから。

龍平は。

それが自分にとってどうしても譲れないときには、口で言ってもわからないような奴には、殴るなり、蹴りを入れるなり、強行手段に訴《うった》えても構わないと思っている。

たとえ、それが、世間の常識《ルール》から外れていたとしてもだ。

龍平にとって、どうしても譲れないモノ。

許せない、一言。

そのとき。

佐伯の暴言の何が龍平の逆鱗に触れたかというと。それは、佐伯が哲史の眼を『汚《きたな》い』と吐き捨てたことだった。

日常生活では黒のカラー・コンタクトレンズで隠された哲史本来の双眸は、ものすごい確率の突然変異と言われる蒼瞳だった。

その対《つい》の宝石を、翼は、

「澄《す》み切った空の蒼《あお》」

――だと言い。

龍平は、

「うっとりするほどキレイな海の碧《あお》」

であると、信じて疑わなかった。

が――しかし。

純粋《じゅんすい》な日本人には持てるはずのない双眼《それ》のせいで忌避《きひ》され、離婚した両親のどちらからも顧《かえり》みられなかったのは哲史の現実であり。周囲の謂《いわ》れのない偏見《へんけん》と好奇《こうき》の視線に曝され続けてきたのもまた、紛《まぎ》れもない事実だった。

そういうのを、嫌というほど見てきたから。

誰よりも、哲史の碧眼《めみ》に魅せられていた龍平だったから。

だから。

なおさらに、佐伯の暴言が許せなかったのだ。たとえ、それが、佐伯も知らない哲史の秘密であったとしても。

頭の芯がグラグラするほど、ムカついて。

許せなくて。

胸くそが悪くなった。

本当に。

マジで、殴りつけてやりたかった。

ついでに、翼ばりに蹴りを入れて。

『ごめんなさい。俺が悪かったです』

謝罪の言葉を口にするまで、佐伯の頭をガッガツ踏み付けてやりたい衝動に駆られた。

きっと、翼は、自分のファンを騙るバカが哲史に嫌がらせの八つ当たりをするたびに、こういう想いをしてきたのだろう。

それを思うと、怒りで灼《や》けた胸の奥がチリチリと痛かった。

熱くて。

——痛くて。

——灼けた。

だが。

「バカはほっといていいから」

哲史が龍平の眼を覗《のぞ》き込んで、そう言ったから。

「バカを殴るとバカがうつるぞ?」

瞬《まばた》きもしない強い眼差《まなざ》しで、哲史が見るから。

佐伯を殴るのは諦《あきら》めた。

それで、煮えたぎった頭がすぐに冷えたわけではなかったが。

「だから。ほら、飯を食いに行こう。——な?」

哲史に腕を摑まれてシブシブ振《ふ》り返ると。江上《えがみ》を筆頭にバスケ部の連中が、露骨にホッとしたのがわかって。龍平は、更にブスリとムクれた。

龍平だって、自分が沙神高校男子バスケ部のレギュラーであることを忘れていたわけではないのだ。

ただ……。

予期せぬアクシデントで、ちょっと、ブチキレかかっただけだ。

でも、龍平にとっては哲史が一番で、バスケは三番目なのだ。他人はどう思っているか知らないが、龍平の中での優先順位は不動だった。

もしも、その場で佐伯を殴ってレギュラーを外されたとしても、それはしょうがない。龍平的には何の悔《く》いもなかった。

そんなことを言うと、たぶん、哲史は怒るだろうが。龍平だって、譲れないものはどうやっても譲れないのだ。

そのあと、皆《みな》で部活の先輩である黒崎《くろさき》お勧《すす》めのイタリアン・レストランに行ったわけだが。美味《おい》しいと評判のパスタもピザも、なぜか、ひどく味気なかった。

それでも。とにかく、久々に脳味噌がグラグラになるほど怒ったせいか猛烈《もうれつ》に腹が空《す》いていたので、ガツガツ、食うには食った。

そんなことがあって、江上たちは別れ際《ぎわ》まで、翌日の清祥との練習試合のことをしつこく心配していたようだが。メタクソな気分も、一晩で完全復活した。

なぜなら。

その晩の食事は哲史も一緒に市村家ですき焼きを食べたし、そのあとは龍平の部屋に行き、カラーレンズを外した哲史の碧瞳も充分《じゅうぶん》に堪能《たんのう》させてもらったからだ。

ずいぶんと久しぶりに見る哲史の眼《め》は、本当に綺麗《きれい》だった。

ドキドキした。

うっとり……見惚《みと》れた。

こんな綺麗な碧瞳を黒のカラーレンズで隠しているのが本当にもったいなくて、

「もったいないよぉ……。こんなに綺麗なのに……ずっと隠してるなんてさぁ。俺、テッちゃんの碧い眼……大好きなのに……」

つい、愚痴《ぐち》った。

言っても、限《き》りがないことは知っていたが。

でも……。

——だけど。

どうしても、言わずにはいられなくて。

すると。哲史は、

「ありがとな。俺も、龍平にこの眼が好きだって言ってもらえるとすごく嬉しい。だから、見たくなったら、いつでもいいぞ？　でも、学校から帰ってからな？」

はんなりと笑った。

いつもは部活浸《づ》けで、哲史とゆっくり話す暇もなかった。

だから。土曜日は、哲史を一日中たっぷり独占できて、すごく嬉しかった。

佐伯のことさえなかったら、もっと、ずっと楽しかったに違いない。

――が。

あんなバカ野郎のことをいつまでも引き摺《ず》ってせっかくの極上《ごくじょう》な気分を台無しにするのは、もっと阿呆《あほ》らしくて。さっさと頭の中から抹殺《まっさつ》することにしたのだ。

それで、日曜は絶好調。

なのに。

まさか。

月曜日の朝に、こんな――とんでもない事件《スキャンダル》が待ち受けていようとは、さすがの龍平も予想もしていなかった。

(ほんと、ムカツク)

(……バッカじゃないの?)

(今年の一年、俺、マジで嫌いになりそう)

ギリギリと奥歯を噛んで、龍平が自席に戻ると。

なぜか。

不気味に静まり返った二年一組のクラスメートがその様子を窺《うかが》うように、そっと……龍平を盗《ぬす》み見た。

そんなことすら気が付かないほど、龍平の頭はグラグラと煮えたぎっていたのだった。

＊＊＊＊＊　Ⅲ　＊＊＊＊＊

龍平が哲史のクラスで久々の大魔神《だいまじん》ぶりを発揮している頃。

二年七組では。

いつものように。

朝のＨＲが始まる前のざわめきなどはまったくの黙殺《もくさつ》状態で、翼は自席にどっかり座ったまま、なにげに窓の外を眺《なが》めていた。

窓際の一番後ろの席。

今更、他人の視線などは爪《つめ》の先ほども気にもならない翼だが。二年に進級して、新クラスでの一学期の席順はとりあえず男女混合の出席番号順ということで、七組の最終番号保持者である翼は労せずして一番の特等席を手に入れた。

いや。

特等席——という名の指定席にすんなり翼が納まってくれたことで逆にホッ…と胸を撫で下ろしているのは、七組のクラスメートだったりするかもしれない。

同期の宿命からは逃《のが》れられない……ものではあるし。同じ高校生だが翼に比べれば格の違いは一目瞭然《いちもくりょうぜん》で、

【打ち解けたいけど、近寄りがたい】

【なけなしの根性を振り絞《しぼ》って声をかけても、瞬殺《しゅんさつ》されたら立ち直れない】

【パンピーはパンピーの本分をわきまえて接するのが、クラスの平和の第一条件】

過去一年、大なり小なり、様々な意味で『蓮城翼』をリアルに体験させられてきた新クラスメートの心中は複雑なアンビバレンスだった。

ましてや。

眼福——という言葉だけでは語り尽くせない現状をしっかり認識《にんしき》することが不可欠で、ひと睨みで周囲を凍らせる翼の美貌をうっとり眺めて楽しもうなどという無謀《むぼう》なチャレンジャーは、もはや、ただの一人もいなかった。

うっかり間違って視線が絡んで金縛《かなしば》るのは、更に、心臓が痛い。

結局のところ。

よくも悪くも、翼とクラスメートとの緩衝《かんしょう》役である『杉本哲史《ストッパー》』がいない不運を嘆《なげ》くこともできない七組の暗黙の合い言葉は、

『さわらぬ神に祟りナシ』

——である。

何はともあれ。

新学期早々、席順に一喜《いっき》一憂《いちゆう》することもなく、自分の視界に『凶悪《きょうあく》な大天使』がいない幸せを彼らがヒシヒシと嚙み締めていたことなど、当の翼は知る由《よし》もなかったが。

窓の外は、スッキリと眩《まぶ》しい。

沙神高校は別名『杜《もり》の学舎《まなびや》』と呼ばれるほど木々の緑が溢《あふ》れている。

雨上がりの週明け、眼下に広がる中庭の新緑はいっそう鮮やかだった。

そんな木々の緑と空のコントラストを見やったまま、翼は、身じろぎもしない。

それも、七組では、すっかり見慣れた朝の一コマで。

何事もなく。

遠巻きに。

……ひっそり。

そうやって鑑賞《かんしょう》する分には何の変哲《へんてつ》もない窓枠《まどわく》も高価な額縁《がくぶち》となり、一枚の『絵画』を堪能《たんのう》できる眼福の極《きわ》みだったりするのだろうが。持って生まれた才能というには人並みはずれた美貌は別格で、黙して語らぬだけで存在感を誇示《こじ》する個性《オーラ》の強烈《きょうれつ》さは制服集団に埋没《まいぼつ》するどころか完璧に浮き上がっていた。

排他《はいた》的というよりは、拒絶《きょぜつ》感。

不遜《ふそん》というより、孤高《ここう》。

どこから見てもストイックなのに、バリバリに威圧《いあつ》感垂れ流し。

むろん。クラスメートのこだわりがどうであろうと、昼食を哲史のクラスで一緒に食べることと以外、翼は、一人でいることに何の不都合も不満も感じてはいなかったが。

無慈悲《むじひ》な大天使のごとき無表情な美貌は、ともすれば、

『超《ちょう》精密にできた超絶美形なアンドロイド』

呼ばわりされることも珍《めずら》しくはない。

そんな、周囲の人間からは、

『何を考えているのか、思考パターンがまったく読めない男』

などと称《しょう》される翼は、

（……空が青い）

内心、ボソリと呟《つぶや》いて。その空の色よりも、もっと綺麗に澄み切った哲史の双眸を思い浮かべた。

青より濃《こ》くて。

蒼《あお》より明るく。

碧《あお》よりも、重い。

藍《あい》より淡《あわ》くて。

群青《ぐんじょう》よりも華《はな》やかで。

紺碧《こんぺき》よりも、鮮麗《せんれい》。

哲史の『瞳眼《とうがん》』はアオ色だが、その色合いを一言で語るのはとても難しい。視《み》る角度や光の反射具合によっては、その色彩《いろ》も微妙《びみょう》に変幻《へんげん》するからだ。

それでも。

あえて『何系?』と喩《たと》えるのなら。

翼は、絶対に、

『空の色《コバルト・ブルー》』

だと思うのに。

なぜか。龍平は、

『海の色《マリン・ブルー》』

――だと言い張る。

「龍平のくせに、生意気」

翼が露骨に眉をひそめると。

龍平は龍平で、

「ツッくんの強情《ごうじょ》っ張《ぱ》り」

ムッとした顔で、睨む。

きっと、誰も知らないだろう。龍平のそんな顔は。

あの龍平でもそういう顔をするのだと知ったら、たぶん、唖然とするに違いない。

そして。知りたがるだろう。龍平をそれだけムキにさせる存在《モノ》が、いったい、何であるのかを。

もったいなくて、今更、誰にも教えてやる気にもなれないが。

日頃は、何を言ってもニコニコとした笑顔を崩《くず》さない龍平だが。こと、哲史の『眼』のことになると驚《おどろ》くほど意固地になる。

人のことを強情だのなんだの、どの口でそれを言うかッ——と。ド突《つ》き回してやりたくなるほどだった。

それに関してはどちらも自分の主張を譲らないものだから、哲史は、

「だったら、俺の眼は『空』と『海』のツイン・ブルーだな」

——笑う。

「ちょっと、得した気分。翼と龍平が、いつも、そんなふうに好きだって言ってくれるから、俺、なんか……すごく嬉しい」

少しだけくすぐったそうに眦を綻《ほころ》ばせて。

そうすると、ますます翼好みの色合いになって。

（ほら。やっぱり、絶対に『空の蒼』だ）

そう、確信したわけだが。

今になって思えば。

たぶん。

哲史の双眸は、それを視る人間の感性でその色の解釈《かいしゃく》が違うのだろう。

いや……。

隠された本性を映し出す『浄玻璃《じょうはり》の鏡』だったりするのかもしれない。

だから。

あんなに綺麗な哲史の蒼眸《そうぼう》を『気持ち悪い』と吐き捨てる奴は、性根の腐った奴で。

バカのひとつ覚えのように『エイリアン』みたいだと囃《はや》し立てる奴は、ロクデナシで。

眉をひそめて『普通じゃない』と思ってる奴は、不感症《ふかんしょう》なのだ。

(でなけりゃ、審美眼《しんびがん》の欠片もないただのバカヤローだろ)

空と海のツイン・ブルー。

だが。

翼は。

ツイン・ブルーな哲史の双眸が『空』でも『海』でもないネイビー・ブルーに変わる、その瞬間を知っている。

哲史と抱き合って。身体《からだ》にこもる熱と喘ぎに浮かされて、哲史が掠れた甘い声で翼の名前を呼ぶとき。それは、トロリ…と潤《うる》んだ対《つい》の宝玉《ラピス・ラズリ》になるのだ。

誰も知らない。

龍平も。

哲史だって……。

翼だけが知っている、それは、特別な艶色《ブルー》だった。

中学三年の冬。

高校受験を控《ひか》えて、

「俺――一度でいいから、マジになった翼が見てみたい」

哲史が、やけに真剣《マジ》な顔でそれを言うから。

いっさい手抜《てぬ》きナシの本マジ勝負で高校に合格したら、翼の『一番欲しいモノ』をくれる。

そう、哲史が約束してくれたから。

「俺、おまえとセックスしたい」

翼は、おもいっきりそこに付け込んだのだ。特進コースの受験生を差し置いてブッちぎりのトップ合格という実績に、入学式の新入生総代という肩書《かたが》きのオマケを付けて。

好きだったからだ。

頭の中で、哲史を好きなように裸《はだか》に毟《むし》って自慰《じい》のオカズにしてしまうほどに。

『あんな』こと、や。

『こんな』こと。

そのとき、すでに、翼はそれなりに性体験があって——相手は未成年ではない年上の女ばかりだったが。ただの頭でっかちの妄想《もうそう》でない分、ずいぶんとタチが悪かった。

イマジネーションは中途半端にリアルで。

欲求は切実で。

脳内暴走する、性欲。

そうやって頭の中で好きなように哲史を弄《いじ》くり回して擬似《ぎじ》セックスすることに、翼は罪悪感など微塵も感じてはいなかった。持て余す性欲には、キッチリ、哲史への執着《おもい》がこびりついていたので。

ただの捌《は》け口で哲史を抱きたいわけではない。

哲史の愛情ごと、哲史の全てが欲しかった。

だが。強奪《ごうだつ》しては意味がない。

——いや。

無理やり身体だけ繋《つな》げて、それで一瞬の快楽は得られても、それで、今まで積み上げてきたモノを全て失ってしまうことの方が怖かった。

刹那《せつな》的ではなく、永久に。

壊《こわ》したいのではなく、何ひとつ欠けることなく哲史の全てが欲しい。

気持ちが付いてこないセックスはただの排泄行為《はいせつこうい》である。

溜まった欲望《モノ》を吐き出せばスッキリして、気分はそれなりにリフレッシュはするが。それなりは、やはり……それなりだった。

生身の女とするセックスより、頭の中で哲史を弄くり回しながら思う存分ヨコシマな妄想を掻《か》き立ててヤる擬似セックス《オナニー》の方が数倍気持ちいい。

それはそれで、なんだか不毛なような気がしないでもなかったが。いつか、絶対に、哲史を自分のモノにするという翼の決意は揺らがなかった。

しかし。

山よりも高いプライドが邪魔をして自分から素直に告《コク》ることができない。それが、当時の翼のアキレスだった。

そんなときに、降って湧《わ》いたような哲史からの提案《ことば》。

翼にとっては『幸運』以外の何物でもないそのチャンスを、絶対に逃したくなかった。

だから。

「おまえが好きだから、俺は……おまえとヤリたい」

自分の『好き』はそういう欲情込みの好きであることを、翼は隠さなかった。

隠しても、どうせ、すぐにバレる。

だったら、無駄な言葉で自分の本音を飾《かざ》りたくなかった。

さすがに。哲史は……ものの見事に絶句していたが。

哲史に好かれている自信なら、充分《じゅうぶん》すぎるほどにあった。

——が。

それは、あくまで『大切な友達』としてであって。哲史が翼のことをそういう対象として考えたことは微塵もないのはわかりきっていたし。

無駄にゴチャゴチャと言葉を飾る気はなかったが、これまで言わずにいた想いを語るのに、翼は言葉を出し惜《お》しみはしなかった。

ここまで来たら、あとは、ひたすら押しまくるだけだと思った。

「俺は、おまえの一番になりたい」

それが、嘘偽《うそいつわ》りのない、翼の唯一の望みだったので。

ほかの誰にも——龍平にだって、哲史を盗《と》られたくなかった。

いや……。

きっぱりと本音をブチまけてしまえば。

高校受験を前にして、龍平が哲史と同じ高校にしか行きたくないと盛大《せいだい》にゴネまくってハンストまでやらかし、挙げ句に体調不良になって病院に担《かつ》ぎ込まれるという暴挙に出たとき。

親も。

担任も。

バスケ部の顧問《こもん》も。

そして、哲史も。

普段なら絶対ありえないそのハチャメチャぶりに呆然絶句して、途方に暮れたが。翼は、マジで焦った。

ところ構わず『テッちゃんが好き♡』を連発する龍平の、ある意味スキンシップ過剰《かじょう》に懐《なつ》きまくる天然ぶりは、もはや、知らない者などただの一人もいないほど有名だったわけだが。

あの瞬間まで。

翼は。

常日頃から龍平が大安売りする『好き』と、言いたくても言えない自分の『好き』の重さは違うと思っていた。

自分の想いを、素直に口に出せるかどうか。

その性格の違いはあっても、『好き』という言葉が孕《はら》む切実さは絶対に自分の方が重い。何の根拠《こんきょ》もなく、翼はそう思い込んでいた。

——が。

そうではなかった。

「俺のこと、見捨てないでッ」

今まで、一度も聞いたことがないような切羽《せっぱ》詰《つ》まった声で龍平がその言葉を吐き出したとき。

翼は、まさに、後頭部に必殺の回し蹴《げ》りを喰《く》らったような気がしたのだった。

頭が、芯からグラグラした。

（……ヤバイ）

——と、思った。

このままだと、龍平に哲史を掻《か》っ攫《さら》われるかもしれない。

そう、思った。

——瞬間。

顔面から、スッ…と血の気が引いた。

イヤだ。

……ダメだッ。

…………絶対、やらねーッ！

龍平が派手にブチキレた反動は、抑《おさ》え込んだ翼の激情をも強烈に掻き毟ったのだ。

しかも。

もっと深刻だったのは、その頃すでに、入院していた哲史の祖母の病状で。もって、年内だろうと言われていたことだった。

だから。

翼は、父親に頼んだのだ。

もしも、哲史の祖母が亡《な》くなって哲史が独りになってしまったら、絶対、蓮城家《ウチ》の子にしてくれと。

哲史を実家に置き去りにした実母はまるっきりの音信不通で、生きているのか死んでいるのか、それすらわからない……らしい。

肉親が亡くなって、親戚《しんせき》からの引き取り手がまったくない場合、未成年の子どもは福祉施設《ふくししせつ》に行くしかない。それは、以前、弁護士である父親に聞いたことがあったからだ。

そんなところに、哲史をやりたくなかった。

最悪の場合。

もしかしたら。

離婚時に親権を放棄《ほうき》してすでに別の家庭を持っているらしい哲史の実父に引き取られる可能性もまったく無いわけではない……らしい。

そんなふうに法律はなっているのだと知って、翼は今更のように、『未成年』という名の子どもには自由に自分の幸せを選ぶ権利もないのだと思った。

納得できなくても。

理不尽《りふじん》でも。

世の中はそうやって廻《まわ》っているのだと知った。

だから。翼は、どうしても……何がなんでも哲史と『家族』になりたかった。

同情ではない。

もっと哲史と親密になりたいという下心は抜きにして、翼は哲史と離《はな》れたくなかった。

すごく、大切で。

一番、大事で。

絶対に喪《うしな》いたくない——存在。

それを、翼ははっきりと自覚していたからだ。

だから。

本音を包み隠《かく》さず、父親に話した。

世の中の道理を知らない、子どものワガママと思われてもいい。けれど、理不尽な大人の論理で哲史と引き裂かれるのはどうしても嫌だったのだ。たとえ、それが、翼のエゴだったとしても。

「お願いします。哲史をウチの子にしてください」

生まれて初めて、父親に頭を下げた。

その願いが叶うなら、土下座してもいいとさえ思った。

すると。父親は、

「大丈夫。哲史君のことは、お父さんに任せておきなさい」

やんわりとした笑《え》みを浮かべて、そう言ってくれた。

父親が『大丈夫』『任せろ』と言うのだから、翼は、その件に関してはいっさい心配はしなかった。

押し出しの強い美丈夫《びじようふ》というよりは、優男《やさおとこ》。

オーダーメイドのスーツを隙《すき》なく着こなし、誰に対しても物腰《ものごし》の柔らかな父親は翼とはまったくタイプの違う『美人』だったが、その外見に似合わず、けっこうな辣腕家《らつわんか》であることを知っていたからだ。

そういう紆余曲折《うよきよくせつ》があって、現在に至るわけだが。

翼の望み通りに哲史が蓮城家の家族の一員になり、その上、ラブラブな恋人同士になれて、今のところ翼は自分の生活環境《かんきよう》に何の不満もなかった。

ラッキー・チャンスの女神《めがみ》の前髪《まえがみ》を摑《つか》むタイミングを間違えなかったから、今がある。

朝・昼・晩、美味《ウマ》くて愛情のこもった哲史の料理を食べられる幸せ。それまでの、通いの家政婦が作り置きした食事《モノ》をレンジで『チン』する味気なさに比べれば、まさに天国であった。

ましてや。

その天国には、好きなときに好きなだけ哲史と抱き合える至福まで付いている。

指と舌でトロトロになるまで解《ほぐ》して綻《ほころ》んだ哲史の其処《ソコ》に、昂《たか》ぶり上がったモノを捻《ねじ》り込んで。

揺すって。

突いて。

——抉る。

その瞬間の得も言われぬ快感をふと、思い描《えが》いて。翼は、

（……ヤバイ。勃《た》っちまいそう……）

微《かす》かに――焦る。

哲史と二人きりでいるときには『節操』などという言葉とは無縁《むえん》の翼だが。さすがに、朝の教室で、それはマズイだろう……と。

それを思って。

束《つか》の間、眼《め》を瞑《つぶ》り。

昨日やった数学のテキストの公式をザラザラと思い浮かべた。

理性。

……自制。

……平常心。

冷静。

……沈着《ちんちゃく》。

……色即是空《しきそくぜくう》。

妄想というにはリアルな痺れを追い払って――頭を冷やす。

（………）

知らず、ため息が零れた。

――と。

そのとき。

いきなり。

「余裕だな、蓮城」

頭の上から、聞き慣れない声が降ってきた。

いや。

翼の場合。

声だけで認識《にんしき》できる人間の頭数がごくごく限られていて、その他はすべて雑音として処理されるか、まったく耳に入らないか、そのどちらかなので。大抵《たいてい》が『耳慣れない』声の主になるのだが。

冗談でなく、今の今まで、このクラスになってから翼を名指しで声をかけてくる者などただの一人もいなかった。

(――誰だ?)

うっそりと眼を開けて、視線をやる。

すると。

そいつは、キッチリと翼の視線を受け止めて、

「……おはよ」

今更のように言った。

(――鳴海?)

この時期になってもクラスメートの顔も名前もろくに覚えていない……いや、覚える気もない翼だったが。目の前の鳴海だけは、別だった。

『鳴海貴一』

その名前は、フルネームでしっかり頭の中にインプットされた。

なぜなら。翼と視線が搗《か》ち合っても揺らがない男――だったからだ。

体格的には、哲史とそんなに変わらないだろう。といっても、性質の違いというか、醸《かも》し出すモノの差は一目瞭然だったが。

硬《かた》くて。

剛《つよ》くて。

軽そうなのに、重い。

誰もが翼とはまともに視線を合わせないように故意に視点をズラす中、鳴海だけが違った。

意気がって虚勢《きょせい》を張るわけでも。

金縛《かなしば》るわけでも。

特に、何を語るわけでもなく。

その態度は、あからさまによそよそしいクラスメートの中にあっては不自然なほどに自然体であった。

かといって。翼と馴《な》れ合いたいとか、タメを張りたい——などと思っているわけでもないらしい。

作為的《あからさま》ではないが適度な距離《きょり》感。

翼が鳴海に感じるのは、そういう間合《まあい》というか、露骨なテリトリー意識とは違うが一種の線引き的な感覚だった。

そんなものだから、翼は、今まで鳴海とはニアミスをしたこともなかった。

なのに。

——なぜ？

今の今、いきなりのニアミスどころか、わざわざ名指しで一線を踏《ふ》み越《こ》えてきた鳴海の真意がわからない。

それでも。

「——なに？」

黙殺《もくさつ》せずに、あえてそれを問うたのは、伊達《だて》や酔狂《すいきょう》で鳴海が自分に擦《す》り寄ってくるはずがないと思ったからだ。

すると。

鳴海は、

「今日は、朝っぱらからやけに余裕だな……と思って」

繰り返し、『余裕』を持ち出した。

奥歯にモノが挟《はさ》まった口調で意味深に焦《じ》らされるのはムカックだけだが、無駄な謎《なぞ》かけも好きじゃない。

「前置きはいい。さっさと本題に入れ」

ただのパンピーならば一発でビビリ上がるだろう冷《さ》めた翼の物言いにも、鳴海はなんら臆《おく》することがない。

「杉本から、なんにも聞いてねーのか？」

実に淡々《たんたん》としたポーカーフェイスだった。

(……哲史？)

翼は、それで、ようやく合点《がてん》がいった。鳴海の言う『余裕』の意味が。

同時に。

鳴海への興味も失《う》せた。

(なんだ。結局、こいつも、ただの物好きだったわけか)

そう思うと、なぜか、ちょっとだけ幻滅《げんめつ》した。

登校時から、しきりにまとわり付く視線。

いつにも増して、あれだけ露骨なのだ。気が付かないわけがない。

だが。その理由《わけ》はすでに哲史から聞かされていたし。だったら、翼的には、何の問題もなかった。

周囲の連中が何を期待して、好き勝手にざわついているのかは知らないが。そういう連中のくだらない暇潰《ひまつぶ》しに付き合ってやらなければならない義理も道理も、ましてや、その手のサービス精神の欠片もない翼だった。

翼が何も語らなくても、その目つきだけで、意味するところはしっかり鳴海にも伝わったらしい。

「まぁ、今度のは、杉本がチョクに売られた喧嘩だからな。あいつ、見かけによらずけっこうな豪傑《ごうけつ》だし。蓮城的には静観ってとこ？」

どうやら。見かけ通り、頭の回転はすこぶる早いらしい。

長身、腰高《こしだか》、贅肉《ぜいにく》の欠片もない身体の撓《しな》り。

片や、傲岸不遜《ごうがんふそん》な美貌のカリスマ。

こなた、バスケ部のエース。

そんなふうに、翼と龍平がやたら体格が良いせいか、二人に比べると小柄《こがら》で小顔、肉付きが薄《うす》くてほっそりとした哲史がどうしても貧弱《ひんじゃく》に見えてしまうのは……しょうがない。

だから。

たいていの連中は読み違えるのだ。

『杉本哲史は、蓮城翼と市村龍平のオマケの腰巾着《パシリ》』

——だと。

そして。

当然のごとく、ナメてかかる。

【ヘボい】

【チョロい】

【楽勝】

暇潰しに、ちょっと弄《いじ》って遊ぶには格好の標的《ターゲット》だと。

たとえクラスメートであっても、翼と龍平には迂闊《うかつ》に気安く声もかけられない——その理由は両極端《りょうきょくたん》だが——分、その皺寄《しわよ》せの鬱憤《ヤツカミ》が二人を独占している哲史を直撃してしまうのだ。

実際のところは、哲史が独占しているわけではなく、翼と龍平の哲史に対する執着が露骨なだけ……なのだが。そこまでキッチリと見抜《みぬ》くような眼力《がんりき》のある者はそうそういなかった。

——で。

無駄にチョッカイをかけて思ってもみない返り討《う》ちにあい、自分の勘違いに気付いて唖然とするのだ。

【ウソ……】

【……マジ？】

【こういう奴だったの？】

目から、ボロボロと鱗《うろこ》が落ちまくり……。

そうして。

嫌でも、知ることになるのだ。

ヘボくない、気概《きがい》を。

チョロくない、芯のあるしなやかさを。

楽に勝たせてはもらえない、強さを。

半端でないカリスマ二人とタメを張れる哲史の真の価値が、どこにあるのかを。

ただ遠巻きに眺《なが》めているだけではわからない、哲史と直に関《かか》わり合って初めて知る——事実でもあった。

しかし。

そういう連中は負け惜《お》しみの捨て台詞を吐きまくっても自分の恥をペラペラ吹聴《ふいちょう》して廻《まわ》るわけではないので、結局、哲史に対する一般生徒《パンピー》の間違った『刷り込み』はいつまで経《た》っても抜けないままなのだった。

そんな一因を作っているのが翼の『三倍返し』だったりするのは紛れもない現実で、翼にしてみれば、まさに痛し痒《かゆ》しなのだが。哲史は、

「別に、いいって。俺、友達が百人欲しいわけじゃないし。翼と龍平がいれば、充分。言いた

い奴には好きに言わせとけばいいって。ムキになるだけ、損。こっちが相手にしなけりゃ、そのうち飽《あ》きるよ」

まるで意に介《かい》してもいない。

ただの強がりではなく、本音。

それを知っているから、翼も龍平も、度量の広さとか懐《ふところ》の深さでは哲史には適《かな》わないと素直に認めることができるのだ。

そんな哲史を『けっこうな豪傑』と言い切る鳴海には、もしかしたら、それなりの眼力が備わっているのかもしれない。

そう、思ったとき。

「杉本も、バカな奴らと同じレベルで喧嘩してもしょうがない……とか、言ってたしな」

鳴海はなにげにサラリと口にして、翼を驚かせた。

【バカな奴と同じレベルで喧嘩をしてもしょうがない】

それは、中学時代から一貫《いっかん》して揺るぎのない哲史のポリシーであった。

(こいつ……。なんで、それを知ってるんだ?)

当然のことだが、哲史と鳴海はクラスも違う。

鳴海はどうだかしらないが、哲史はいつも定時下校の帰宅部である。

哲史の口から『鳴海』の名前が出たことは一度もないし、同じ沙神高校の二年生であるという以外、二人にこれといった接点はないはずだった。

なのに——なぜ？

どうして。

鳴海が、哲史の口癖《くちぐせ》を知っているのか。

そのとき。

初めて。

翼はゆったりと鳴海に向き直り、今更のように見据《みす》えた。

「おまえ……なんで、知ってる？」

「え……？」

「バカな奴と同じレベルで…って、やつ。どこで聞いた？」

「あー……そりゃ、もちろん駐輪場で」

(駐輪場？……って、もしかして、こいつ……)

「鳴海。おまえ、見てたのか？　哲史と一年のバカがモメてるとこを」

「見てたっていうか……いたんだよ。俺、おまえらと同じチャリ通の帰宅部だから。バッド・タイミングで鉢合《はちあ》わせってやつ。——聞いてない？」

誰に？

——と、問うまでもない。

(聞いてねーよ、おまえのことなんて。ひとっことも……)

翼は、むっつりと押し黙《だま》った。

「そっかぁ……。まっ、杉本にしたら、俺もイレギュラーな部外者だしな」

皮肉ではないのだろう。

そういうことをサラリと口にできるのが、鳴海の持ち味《スタンス》なのかもしれない。

だとしたら、よけいに鳴海の言動が読めない。

いったい。

こいつは。

何が言いたいのか？

――いや。

何のために。

どういう理由があって。

朝っぱらから、わざわざ名指しで擦《す》り寄ってきたのか？

それを思って、わずかに眉根《まゆね》を寄せたとき。翼は、ふと……気付いた。

哲史は、

『翼にシメられてビビリ上がった根性ナシが不登校になり、そこのクラスの奴が何とかしてくれと自分に泣きついてきた』

――のだと言った。

そして。

『そいつらが不登校になっても自業自得《じごうじとく》だし、そんなことを自分に愚痴《ぐち》りに来た勘違い野郎な連中にいちいち付き合ってもいられないから、途中《とちゅう》でフケた。でも、そこには野次馬が腐るほどいたから、きっと、週明けにはスキャンダラスに噂が飛び交《か》っているだろう』

――と。

その言葉通り、朝っぱらから派手に盛り上がっている。

そんなことは、たいして珍しいことではない――と言い切れる程度には、それなりの華々《はなばな》しい前歴があった。

ましてや。その前の週には、翼自身が親衛隊の奴らをシメに行ったばかりだ。

翼絡《がら》みの八つ当たりで哲史に嫌がらせをするような奴をシメるのは、自分の権利――だと、翼は信じて疑いもしないが。哲史には、哲史のポリシーがある。

哲史の基本は非暴力だが、言葉で横っ面を張られたら、ヤられた分はキッチリ張り返す主義だった。

その上で、哲史が、

「バカな奴らと同じレベルで喧嘩はしない」

と言うのなら、それはそれでいいのだ。

横から、翼がシャシャリ出る幕はない。

だが。

もしかしたら。

そいつらの見当違いな『頼み事』の中には、哲史がそれを自分に言わない……あるいは、故意に伏《ふ》せておきたい『何か』があったのではないか？

だから、鳴海は。その『何か』が気になって、それをわざわざ自分に確かめに来たのではないか？

だとすれば。

（それは……なんだ？）

それを思って、翼が鳴海の眼を凝視《ぎょうし》した。

――とたん。

まるで、タイミングを見計らったかのように、

「おい。市村が、三組で大魔神になってるってッ」

「えーッ、マジぃ？」

「ホントかよぉッ」

クラスのざわめきが一気に弾けた。

（……龍平？）

さすがの翼も、思わず、双眸を瞠《みは》る。

あの龍平が……大魔神？

一組で別れるまでは、いつもとまったく変わりのない天然ボケだったのに？

――なぜ？

しかも。三組といえば、哲史のクラスだ。

何か。

……いきなり。

(訳わかんねー……)

ところが。

そんな翼の横っ面を、鳴海は、

「なんだ。蓮城がやけに余裕カマしてるから嵐の前の静けさで不気味……とか思ってたら、市村の方が先に大爆発《だいばくはつ》しちゃうわけだ？　おまえらって、ホント、読めねーよな」

おもうさま張り飛ばしてくれた。

それも、

『バシッ』

というより。モロに、

『ガツンッ』

──と、キた。

（嵐の前の静けさ？）

（不気味って……なんだ？）

（龍平が大爆発なんて、なんで、そういうことをサラリと言えるんだよ？）

そう。なにげに『読めない』と言いながら、まるで、そうなることが予想できたような口振《くちぶ》りで。

面白くなかった。

いや──不快だった。

ものすごく。

メチャクチャ、気分が悪かった。

「……鳴海。おまえ、何が言いたいわけ？」

視線も口調も、尖る。

なのに。

「だから、杉本は『やってらんねー』の一言で、おまえは『静観』することでバカな一年を切り捨てにすることができても、市村はそうじゃねーんだろ？　そこらへんのボーダーラインってどこにあんのかなとか思って」

鳴海は、相変わらず小憎《こにく》らしいほどのポーカーフェイスで。

しかも。

「でも……あれ？　登校してきてから大爆発って……もしかして、市村、杉本が一年とモメたこと知らなかったのか？」

グサリと抉ってくれた。

（……あ）

今更のように、そのことに気付いて。翼は内心、舌打ちする。

龍平が哲史のクラスに乗り込んだというなら、そう……なのだろう。哲史が故意に黙っていたというより、きっと、哲史も忘れていたのだ。

そういうところ、意外に哲史も抜けていたりするし。

あるいは。学校に来てから、状況《じょうきょう》を見て話をするつもりだったのかもしれない。

「おまえら三人、なんでもツーカーだと思ってたけど、そうでもないんだ？」

「ツーカーの意味、履《は》き違えてんじゃねーのか、おまえ」

「さすがに、連れションまで……とは思ってないけど。でも、市村って、杉本のことなら何でも知ってなきゃ気が済まないタイプじゃねーの？」

「ホントにそう思ってんのなら、おまえの眼力《がんりき》もそこまでってことだろ」

ことさら平坦《へいたん》に、翼は切り捨てる。

哲史のことを何でも知っていなければ気が済まないのは龍平ではなく、翼の方だ。

スキンシップ過剰で懐きまくりな龍平は、あれで、哲史のプライベートは限りなく尊重するタイプなのだった。

「けど。どっちにしろ、何も知らなくて、登校してきてからいきなり……じゃあな。さすがの市村も、ショックも倍増しじゃねーか」

それは——否定しない。

親衛隊とのことも相変わらず燃えまくりな上に、その尻拭《しりぬぐ》いを持ちかけてくるバカな勘違い野郎とモメた——ともなると、いくら龍平だって黙ってはいられないだろう。

超《ちょう》天然の脱力キング——だ、何だと言われてはいるが。龍平は鈍感ではない。ただ、考え方も感情表現も、かなり変則的で前向きすぎるほどに大らかなだけで。

その代わり。めいっぱい溜め込んだモノが爆発してしまうと、さすがの翼でも手に負えなくなるのも事実だったりするが。

(だからって、朝っぱらから大魔神は大袈裟《おおげさ》だろうが)

龍平が顔色を変えて哲史に詰め寄ることなど滅多にない。

だから、きっと、周囲の奴らがことさら大袈裟に吹《ふ》きまくっているに違いない。

翼は、そう思っていた。

——が。

「俺だって、さすがに愕然《がくぜん》としたもんな。あいつらが、杉本を『親衛隊との喧嘩に負けて、その腹いせに蓮城翼に仕返しを頼んだ卑怯者』呼ばわりしやがったときは」

その瞬間。

翼は。

自分の思い違いを撤回《てっかい》する余裕どころか、不意の回し蹴《げ》りを喰らったショックに脳味噌がガクガク揺れた。

「本人目の前にして、毒舌暴言吐きまくり」

頭の芯が痺れて。

「命知らずのチャレンジャー……つーより、こいつら、ホントにバッカじゃねーかって思ったし」

鳴海の声が、変なふうに歪んで聞こえた。

「まっ、杉本も『バカな奴らと同じレベルで喧嘩しない』ポリシーはポリシーとして、そいつらの暴言にはキッチリ張り返しやがったけどな」

それから。

強ばりついた思考が徐々《じょじょ》にクリアになった。

それでも。

翼は。

鳴海の前で、強ばりついた仮面がズリ落ちないようにと。机の下で、ギリギリと拳《こぶし》を握《にぎ》り締《し》めずにはいられなかった。

＊＊＊＊＊　Ⅳ　＊＊＊＊＊

そのとき。

学園生活のオアシス・タイム——昼休みを告げるチャイムが校舎に鳴り響いた。

軽《かろ》やかに。

晴れやかに。

スッキリと。

——弾けて。

どこもかしこも、一気にざわめいた。

三年生、十クラスがワンフロアに集結する新館校舎二階。

鷹司慎吾《たかつかさしんご》はいつものように机の上を綺麗に整頓《せいとん》して席を立ち、ゆったりとした足取りで教室を出た。

二クラス前の廊下《ろうか》では、いつもと同じように、藤堂崇也《とうどうたかや》が鷹司を待っていた。

「お待たせ」

そう言って肩《かた》を並べる鷹司に、藤堂がほんの少しだけ口の端を和《やわ》らげた。それだけで、ワイルド系ハンサムと言われる藤堂の顔つきがずいぶん柔和《にゅうわ》になる。

それも、いつもの見慣れた光景であった。

待たせたといっても、わずか、一分やそこらである。

だが。今のところその逆のパターンは皆無《かいむ》なので、それはもう、刷り込みが入った鷹司の口癖のようなものだった。

甘く柔らかなトーンの『お待たせ』の一言には、漏れなく、鷹司の『笑顔』のオマケが付いてくる。

人好きのする。

はんなりとした。

アルカイックな微笑《びしょう》である。

それを独り占《じ》めにしたくて、藤堂は昼休みのチャイムを聞くとソッコーで廊下に出てくるのではないか。

——などと、三年生の間ではまことしやかにヒソヒソと囁かれている。

ただのヤッカミにしろ。

単なる、冷やかしにしろ。

あるいは、密《ひそ》やかな羨望《せんぼう》……であっても。

天然パワー全開の龍平とはまた一味違った鷹司の『笑顔』が、万人《ばんにん》の目の保養であることに変わりはない。

藤堂が鷹司を廊下で待っている限り、ついでのおコボレでそれを目にすることができる眼福も付いてくることではあるし。わざわざその真偽《しんぎ》を藤堂本人に確かめてみよう……という無粋《ぶすい》なチャレンジャーは、今のところ一人もいなかった。

鷹司も藤堂も、特別な用事がない限り、昼は学生食堂で食べる。

体操服や上履《うわば》きなどの学校指定品やオリジナル・グッズ、文具関係、学内で使用する必需品《ひつじゅひん》であればほとんど何でも揃《そろ》っている購買部《こうばいぶ》を二階に併設《へいせつ》した学食は、沙神高校の売りのひとつである。

食堂内は広々と開放的で、明るく、おしゃれで、清潔感に溢《あふ》れている。

ランチメニューは品数が多く。

安くて。

ボリュームがあって。

ウマい。

昼休みの時間を有意義に使いたい者は、さすがに弁当派だったが。それでも、学食派の方が圧倒的《あっとう》に多いのは、シーズンを通して、並ぶ時間が気にならないほどにメニューが充実《じゅうじつ》しているからだった。

当然、昼休みともなれば、ざわめく人の流れは食堂へ一直線である。

そんな中。沙神高校生徒会執行部《しっこうぶ》の会長と副会長が肩を並べて歩くと、質の違うオーラが相乗効果を増して一段と派手になる。

しっくり馴染んだ親密度を漂《ただよ》わせながらも、それは、決して威圧感を与《あた》えない。

むしろ。擦《す》れ違い様に気軽に声をかけられる親近感さえ感じさせる雰囲気の柔らかさは、視界に優《やさ》しい。

穏やかで。

濃すぎず。

まろやかで。

刺《トゲ》がない。

それは生徒会長の『貫禄《かんろく》』とも、副会長の『人徳』とも言われているが。視界の吸引力にかけては超弩級《ハイパースペシャル》と言っても過言ではない、新館校舎三階の二年生三人組の一種排他的な『視覚の暴力』に比べれば、三年生の余裕というか、ずいぶんと『大人』な雰囲気であることに変わりはなかった。

その差が新館の二階と三階の成熟度を象徴《しょうちょう》している——わけではなかったが。階段の上と下では視界の雰囲気どころか体感温度そのものがガラリと変わってしまうのも、誰もが知るところであった。

二階から、一階へ。

そのとき。

人の流れに乗って階段をゆったりとした足取りで降りながら、

「慎吾。おまえ……聞いたか？」

藤堂が、なにげに言った。

何を？

――とは、問わず。鷹司は、

「市村君のこと？」

正しく、その問いかけを汲《く》み取った。

ツーと言えば、カーである。

一年の頃から有名な『美形』コンビは、執行部のワン・ツーになって、更にシンパシー度がアップした。

週明けの今朝《マンデー・モーニング》。

鷹司と藤堂が登校してきて――もちろん別々にだが――何が一番驚いたかというと。

それは。

哲史絡みの新たな『噂』が、スキャンダラスに、そこら中でバンバン燃え広がっていたことであった。

同じ新館校舎の住人でも、当事者のいる三階と、あくまでお気楽な傍観者でしかない二階とでは、その燃え上がり方にも極端《きょくたん》な差が出るのは当然のことで。遠慮《えんりょ》がない分、その口調はかなり熱かった。

例の不登校になっている一年のクラスの男女が、何を勘違いしたのか、よりにもよって哲史を名指しで『卑怯者』呼ばわりしたと知ったとき。

藤堂は、

（マジでか？）

絶句の果てにマリアナ海溝《かいこう》よりも深いため息をつき。

鷹司は双眸を見開いて、

（――最悪）

一瞬……天を仰《あお》いだ。

いったい。

どういう経緯《いきさつ》で。

そんなことになってしまったのか……。

それを憂《うれ》うより先に、このあとの反動を考えると、藤堂も鷹司も、嵐の予感というには切実すぎる現実を思い描いて。

（…ったく、もう……）

（どうして、こうなるかな）

（いい加減、勘弁《かんべん》してくれよぉぉ）

（たまんないよねぇ、ホント）

マジで頭を抱《かか》えたくなった。

いまだに不登校状態にある一年の処遇《しょぐう》については、ついこの間、藤堂が教頭から呼び出されて色々と問題提起をされたばかりである。

事の『真偽』と。

是非《ぜひ》の『判断』と。

これからの『対策』を。

生徒会として、どうあるべきか。

――というよりは、むしろ、しごくプライベートに……だが。

この件に関しては、鷹司も藤堂も、これまでのようにただの傍観者ではいられないのが問題を複雑にしている一因でもあった。

なにせ、親衛隊と哲史がトラブっている現場に偶然《ぐうぜん》居合わせた上に、怪我《けが》をした哲史を保健室に連れて行った当事者でもあるからだ。

鷹司も。

藤堂も。

たぶん……哲史も。

そのことを公《おおやけ》に吹聴《ふいちょう》して騒ぎをことさらに大きくするつもりは、微塵もなかった。

しかし。そのことを知った翼は親衛隊をシメたついでにしっかり二人を巻き込んで、スキャンダルのドツボに叩き落としてくれた。

そのときの鷹司の心境は、といえば。

(……って)

(ちょっと……)

(――マジですか？)

だったりするのだが。

目撃《もくげき》したことも、保健室に行ったことも、紛れもない事実で。翼が、親衛隊の連中を締め上げるために其《そ》の場凌《しの》ぎのデマカセを吹《ふ》いたわけではない。

藤堂は、

「蓮城も、とんだ爆弾《ばくだん》を落としてくれたもんだぜ」

眉間《みけん》に深々とシワを寄せたが。全てが終わってしまったあとに、自分の知らないところでダシにされたことをあれこれ言っても始まらない。

翼が、生徒会に遺恨《いこん》を持っていたとか。鷹司と藤堂に、特別、何か含むモノがあったとか。

そういうことではない……だろう。

凶悪——だの。

情け無用——だの。

地獄《じごく》の大天使——だの。

そんなキャッチフレーズには事欠かない有名人ではあるが、基本的に、翼は、赤の他人にはまったく興味も関心もない。

キッチリとそう言い切れるくらいには、鷹司は『蓮城翼』の為人《ひととなり》を知っていた。まぁ、頭のキレすぎる確信犯であることは否定しないが。

そんな確信犯ぶりを、藤堂は、

「タチが悪すぎて、下手に関《かか》わりたくない」

ザックリと斬《き》って捨てた。

関わり合いになりたくなくても、ずっぽり、当事者になってしまって。今更、足抜《あしぬ》けできない状況なのだが。

翼は、執行部の『会長』と『副会長』の名前を持ち出すことで懲《こ》りない下僕志願の野郎どもを牽制《けんせい》……いや、言い逃《のが》れできないようにしたかったのかもしれない。

『おまえらのやったことは冗談では済まされない卑劣《ひれつ》な行為だ。目撃者が執行部のワン・ツーなら、下手に言い訳もできないだろう』

——と。

鷹司と藤堂の『名前』と『肩書《かたが》き』にどれほどの効力があったのかはわからないが、翼の言葉の呪力《じゆりよく》は絶大であった。

なぜなら。親衛隊のリーダーを除き、彼らはまるで示し合わせたように、その翌日から不登校になってしまったからだ。

鷹司に言わせれば、

（おいおい……。そんなことくらいで不登校になっちゃうわけ？　そんな根性ナシじゃ、この先、世の中を渡《わた》っていけないよ？）

だったりするのだが。

漏れ、伝え聞いたところによると。

『顔面蒼白《そうはく》』

『小便チビりそうなほど、マジでビビッていた』

『あんな……背骨が痙《ひきつ》るような冷たい口調でジワジワ首を絞《し》めるように言葉でいたぶられるくらいだったら、一発派手に殴られた方が百倍マシ』

だった――らしい。

けれども。

中学時代の翼がどれほど激烈《げきれつ》でその剛腕《ごうわん》ぶりを誇《ほこ》っていたか、それを見知っている鷹司としては、

（蓮城君にちょっとシメられたくらいで不登校になっちゃう根性ナシなんだから、あれで、マジ本気モードの蓮城君に殴られたりしたら、たぶん……死にたくなっちゃうんじゃない？）

そっちの方が、よほど心配だったりするが。

過去一年。

アレや、コレやで、ガツガツ蹴散《けち》らしてきた翼に対する周囲の衝撃度は計り知れない。

——が。

鷹司に言わせれば、あんなものは、ただの『おさわり』である。そういう意味では、翼はまだ一度も本気モードのスイッチは入ってはいない。

確信犯で落ちこぼれをやっていたらしい中学時代と違って本来の頭脳明晰《めいせき》さを隠そうという気は更々《さらさら》ないようだが、今のところ、そっち方面の『牙《きば》』は密かに磨《みが》きをかけているだけ——らしい。

別に、その再現を期待しているわけではないが。機会があれば、どういう心境の変化だったりするのか、そこらへんのことをじっくり聞いてみたい鷹司であった。

とにもかくにも。

いまだに不登校の問題も未解決のままなのに、ここへ来て、また新たなスキャンダル勃発《ぼっぱつ》になるとは思ってもみなかった。

しかも。

その不登校絡みで、何の関係もない第三者《クラスメート》が哲史を『卑怯者』呼ばわりである。

鷹司的には、そいつらにビシッと指を突きつけて、

(パンピーはおとなしく引っ込んでなさい。横から変に顔を突っ込んで、これ以上ややこしくしないでくれる?)

嫌味のひとつも投げつけたい心境だった。

まぁ、今更何を言ったところで、

『時、すでに遅し』

——ではあるが。

「…ったく、あいつらはなぁ……。相変わらずド派手にやってくれるぜ」

藤堂の口調も苦り切っている。

ド派手になっている原因は、もちろん、別のところにある。

……のだが。哲史が自ら望んでトラブルを買っているわけではないことは百も承知で、つい、そんなふうに愚痴りたくなる藤堂だった。

藤堂にしろ、鷹司にしろ。飛んでくる火の粉を払う分には、なんら異存はない。

いや。

むしろ。ヤられたら泣き寝入りせずにキッチリ払うだけの根性も気概も、大いにけっこうだと思っている。

周囲の状況も顧《かえり》みずにただ身勝手に自分の権利ばかりを主張する奴らは最悪だが、雄弁《ゆうべん》でなくてもいい、最低限、自分の思っていることをきちんと意思表示できない奴に明るい未来はないのである。

言いたくても、言えない。

口にしたくても……できない。

理由は人様々であろうが。何も言わないでわかってもらおうなんて、それは、やっぱり……虫のよすぎる考えだろう。

——が。

彼ら三人に関して言えば。

その反動も影響力《えいきようりよく》も半端じゃなかった。

少なからず、その後始末に追われる現執行部の会長としては実に頭の痛いところであった。

「まぁ、ね。ビックリ半分、やっぱり半分ってとこ?」

「なんだ、それ?」

「だって、僕、爆発するなら絶対に蓮城君だと思ってたから」

そう思っていたのは、たぶん、鷹司だけではないだろう。

そう言い切れるだけの前歴は、それこそ、山のようにあった。

あの翼が、哲史を、

『親衛隊との喧嘩に負けた腹いせに蓮城翼に仕返しを頼んだ卑怯者』
そんなふうに貶められて、おとなしく引っ込んでいるはずがない。
下手をしたら、今度こそ、マジ本気モードが炸裂《さくれつ》してしまうのではないか。
マズイな。
……ヤバイな。
………どうしよう。
それを思って。頭の中は『最悪』の二文字が乱反射しまくっていたのだ。
そしたら。
──なんと。
大爆発したのは、天然脱力キングの王子様だった。
「ビックリ……だよね。まさか、あの市村君が蓮城君よりも先にキレちゃうなんて」
きっと。
その瞬間《しゅんかん》。
三階の二年生フロアでは、皆が度肝《どぎも》を抜かれて、
『唖』
『──呆然』
『────絶句』

……だったのではなかろうか。

「やっぱり、侮《あなど》れないよねぇ」

つくづく、それを思う鷹司だった。

「何が？」

「蓮城君の凶暴なダーリンぶりって、ある程度予測がつくじゃない」

（あの蓮城をそんなふうに呼べる豪傑《ごうけつ》はおまえだけだ、慎吾）

口には出さないだけで、藤堂は、どっぷりため息を漏らす。

それも、今更……なのだが。

「そりゃ、あんだけ派手にバシバシやってりゃあな」

「だから、こっちもそれなりの心構えっていうか、まだ対処のしようがあるんだけど。でも、市村君って、ちょっと、いきなり何をやらかしてくれるか、まったく予想できないっていうか……。そういう意味のインパクトの強烈さって、蓮城君の上を行くよね」

「市村の普段が普段だから……だろ」

「ウン。脱力系キングの面目躍如《めんぼくやくじょ》…って、感じ？」

「言わねーって。黒崎が聞いたら、泣くぞ」

半ば呆れたように、藤堂がその言葉を口にする。

鷹司的には、まったく茶化したつもりはなかったのだが。男子バスケ部主将の黒崎にしてみれば、さぞや頭の痛いことだろう。

コートの中では実に頼りになるエースだが、いったんユニフォームを脱《ぬ》いでしまうとまるっきりの別人が入ってしまう龍平の言動は、パンピーには少しばかり重すぎるキャラであることは否定できない。

なにせ。

【蓮城翼に睨まれたくなければ、杉本哲史とはトラブるな】

沙神高校における暗黙《あんもく》の不文律とは別に、バスケ部には、

【杉本哲史にチョッカイをかけて、市村龍平を怒《おこ》らせるな】

鉄則がある。

普段の龍平が龍平なものだから、バスケ部以外の人間は、ついつい、その『合い言葉』を忘れてしまいがちになる。

しかし。

『一人じゃ何もできないくせに集団でイチャモンをつける奴は、最低。そんな奴は、絶対、許さない』

そんなふうに吐き捨てたらしい龍平の、怒《いか》りの根の深さを思うと。つい、翼の凶暴ぶりにばかり眼が行きがちだが、やはり、

（だって、あの蓮城君を、誰の前でも『ツッ君』呼ばわりできる大物だし）

根っ子の部分では翼と双璧なのだと思わずにはいられない鷹司だった。

「マズイよなぁ」

「ヤバイんじゃない？」

誰が？

――とも。

何が？

――とも。

どこが？

――とも、聞かず。

なのに、打てば響くような鷹司の即答《そくとう》に、藤堂は今更のようにため息をつく。

「これ以上騒ぎが大きくなる前に、やっぱ、出張った方がいいと思うか？」

先日、教頭に呼び出されて、

『これ以上状況が悪化しないうちに、何とかできないか？』

それを言われたのは、ほかならぬ藤堂である。

言って何とかなるような相手なら、藤堂だって苦労はしないのだが。

だから、その相手は『蓮城翼』である。

教頭の腹積りでは、ことは親衛隊絡みであるのだから翼の出方ひとつで、丸く……とはいかないにしても、それなりに双方《そうほう》が納得する形でなんとか収められるのではないか。つまりは、それ——だったわけだが。

その思惑《おもわく》を、一年五組の男女の正義漢気取りのお節介が台無しにしてくれたも同然——な展開になってしまった。

藤堂的にはひたすら静観したい気持ちに変わりはないのだが、これだけ大事《おおごと》になってしまってはどこかで手を打たなければ、亀裂《きれつ》はますます酷《ひど》くなってしまいそうで。それを思うと、なんとも憂《ゆう》うつな気分になってくるのであった。

「うーん……。頼まれてもないのに藤堂が出張るってのもなぁ。なんか、よけいに話がこじれそう」

一番の懸念《けねん》は、だから、それである。

生徒会執行部会長の肩書きが諸刃《もろは》の剣《つるぎ》であることは、親衛隊との一件で、翼がキッチリ証明してくれた。

「だったら、おまえ、あいつらの中学の先輩だし。オフ・レコで、ちょこっと杉本に話を聞いてみる…ってのは、どうだ?」

実のところ。

鷹司的には、その『中学の先輩』という距離《きょり》感が微妙……だったりする。

なにしろ、幼馴染み三人組の中学時代の『アレ』や『コレ』やを知っているわけで。鷹司にはそのつもりはまったくなくても、そこらへんの事情が事情だし、無用のプレッシャーになっていないとも限らない。

「オフ・レコ…って言ったって、すぐにバレちゃうんじゃない？　蓮城君、杉本君のことになると地獄耳《じごくみみ》の神経過敏症《かびんしょう》だから」

逆鱗に触れた王子様をなだめるのはすごく骨が折れそうだが、それでも、フリージング光線を乱射しまくりな大天使様の恨《うら》みを買うよりはマシだろう。

すると。

「まっ、中途半端にするより、この際、毒喰《くら》わば皿まで……でもいいんじゃねー？」

半ば自棄糞《ヤケクソ》のように藤堂が言った。

◆◇　◆◇　◆◇

その頃。

二年三組の教室では。

常ならぬ緊張感にピリピリと張り詰めているクラスメートの頭の上を、季節外れのブリザードが吹き荒れていた。

出るに、出られない。

何も……言えない。

うっかり視線を上げて凍りつくのは、もっと――怖い。

『誰か、何とかしてくれぇぇぇッ』

胸の内で叫《さけ》びつつ、ひたすら無言で弁当を食べるしかないクラスメートであった。

いつもなら、

「テッちゃん、お待たせぇ♡」

その一声とともに、ハイテンションな笑顔満開で特製のランチボックスを抱《かか》えてくる龍平だが。いまだ朝のHR前の気分からの復活は遠いのか、今のところ、春の日溜まりは冬の木漏《こも》れ日状態であった。

普段が普段なので、そのギャップときたら、ちょっと……寒すぎ。

そのせいか、三組では日替《ひが》わり当番であるところの、今日の『王子様の椅子《いす》』持ちの女子の顔つきも、笑顔に蕩けるどころかモロに強ばっていた。

それでも。

「ありがとぉ」

きちんと言葉を返す龍平《りゅうへい》の生真面目《きまじめ》な優《やさ》しさに変わりはなかったが。

それに引き比べると。無表情にも更に磨きのかかった翼の美貌は静かすぎて、何か……不気味だった。

翼が龍平にわずか遅れて、いつものように後方のドアから入ってきたとき。哲史は、

（あー……マズイ。バレた）

瞬間的に、悟《さと》ってしまった。

マズイ——のは、トラブルがあった『経緯』と『結果』は翼に伝えておいたが、話の内容をかなり端折《はしょ》ってしまったことだ。あのときは、まさか『卑怯者』の一言が、こんな大事《おおごと》になるとは思わなかったのだ。

有ったことを無かったことにしてしまうつもりも、嘘をついて誤魔化《ごまか》したわけでもない。だが、隠していたことは事実で。それが自分の口以外のところからバレバレになってしまったのは、さすがに、ヤバイかなと。

つまり。

哲史には、翼の一番嫌いなパターンを踏んでしまったという自覚がアリアリなのだった。

（ヤバイ……よな。やっぱり）

朝のHR前に顔色の変わった龍平に強襲《きょうしゅう》されたあと、もしかしたら、翼も……と思っていたのだが。その後の休み時間にも翼は来なかったので、ある意味、哲史はホッ…と胸を撫で下ろしていたのだが……。

——甘かった。

沈黙する唇とは対照的にきつすぎるその眼差しは、哲史の双眸《そうぼう》を捕《と》らえて放さない。

（う……わぁぁ。翼……かなりキてるよぉ）
内心、哲史は焦りまくる。
ドクドクドク…………と。
やたら、鼓動が逸る。
喉元《のどもと》を絞め付け。
こめかみを蹴り付け。
視界が——熱くなる。
どこらへんから、翼の耳に入ったのだろう。
普段の翼なら、噂話《うわさばなし》など黙殺状態のはずだし。
翼が自分から、その手の噂話に耳を貸すとは思えない。
だったら。
……なんで？
…………どうして？
などと、束《つか》の間、現実逃避《とうひ》を図《はか》る哲史だった。
それも。
「哲史。——メシ」
ヒヤリと冷たい翼の声に促《うなが》されて、すぐに、目が覚めたが。

（何やってんだかなぁ……俺）

どうやら、雰囲気に毒されているのはクラスメートだけではないと気付く。

（バレちまったもんは、しょうがないって。今更、俺が変に狼狽《うろた》えてもなぁ……。どうなるモンでもないし）

一息吐《は》いて。哲史は、いっそサバサバと気持ちを切り替《か》える。

その、一種開き直りにも似た潔《いさぎよ》さが哲史の強さだった。

「えっ…とぉ……。若菜《わかな》と鶏《トリ》そぼろ、翼、どっちにする？」

「……若菜」

端的《たんてき》に一言で主張する翼に、いつものように箸《はし》を添《そ》えて、若菜おにぎりの入った弁当を翼に渡す。

それも。三組ではすっかり見慣れた光景……いや、入学してからずっと変わらない昼休みの一幕であった。

翼は哲史が持ってきた弁当しか食べない。

それゆえに、哲史は『蓮城翼の弁当係《パシリ》』と呼ばれていたわけだが。中学の頃からずっと、自分の弁当を作るついでに翼の分も一緒に作っていたのだし。ましてや、今は翼と同居していることでもあり、今更、誰に何を言われてもまったく気にもならなかった。

そのことに対しての皮肉や中傷、嫌がらせなど……。そんなものは、当時から掃《は》いて捨てるほどあった。

『杉本君、蓮城君から弁当代取ってるんだってよ。セコくない』

『つーか、杉本ん家《チ》は貧乏《びんぼう》っ家《チ》だし』

『……だよねぇ。親、いないんでしょ？　おばあちゃんと二人暮らしだって』

『離婚した親のどっちからもいらねー…って言われたんだってさ。ンで、しょうがねーから、バーちゃんチに引き取られたんだと』

『うっわぁ……悲惨《ひさん》。俺だったら、ヤサグれてたかも……』

『でもぉ、だからって、そういうので同情引いて蓮城君とか市村君を独り占《じ》めにしてるのは許せないよねぇ』

『あれってさ、ホント、許せないよね。市村君なんか『一番好きなのはテッちゃん♡』とか、マジで公言しちゃってるし』

『ウン。マジでムカツクぅぅ』

　人の口に戸は立てられないし、在《あ》ったことを無かったことにもできない。それを知っても必要以上にメゲることがなかったのは、自分は一人じゃないと知っていたからだった。

　翼がいて。

　龍平がいる。

　それだけで、何があっても頑張れる自分を知っていた。

——が。

昨年の、秋。

その弁当を作っているのが哲史自身で、しかも、それが中学時代からずっと変わらずに続いていることなのだと知れ渡ったときには、ちょっとしたセンセーショナルな事件になった。

哲史的には、

『なぜ、杉本哲史は蓮城翼の弁当係なのか？』

興味津々なクラスメートの素朴《そぼく》な疑問に答えてやる義理もなかったのだが。

『蓮城翼が弁当派なら、その弁当係は別に杉本哲史でなくてもいいのではないか。もしかしたら、自分にもチャンスが……』

ただのジョークにしてはめっきりマジな口振《くちぶ》りで、誰かがそれを言い出して。クラスメートが異様なまでにその話題で盛り上がった。

——そのとき。

「ダメ、ダメ。そんなの、絶対に無理。だって、ツッくん、テッちゃんが作った弁当しか食わないから」

なにげに、龍平が爆弾発言をカマしたのだ。

「もぅ、ねぇ。中学のときから、ツッくん、テッちゃんに餌付《えづ》けされてんの。ツッくん、偏《へん》食《しょく》キングだったのに、テッちゃんのおかげでなんでも食えるようになったんだよ。それに、テッちゃんの弁当は愛情満載《まんさい》ですっごくオイシイから舌が肥えちゃって、ツッくん、今更ほかの弁当なんか食えないって」

それも、続け様にドカドカと。

龍平にしてみれば。哲史がパシリで翼の弁当係をやらされているのではなく、翼が哲史以外の弁当が食えないほど哲史が作る弁当はウマイ。それを、クラスメートに盛大《せいだい》にアピールしたかっただけ……なのだが。

結果として。

『料理のできる高校男児』

その賞賛よりも、

『弁当で釣《つ》ってまで翼を独占したがるセコい奴』

哲史に対するヤッカミが倍増しただけだった。

まぁ、中学時代とは違って初めから何もかもエンジン全開な翼のカリスマぶりを考えると、それもある意味、予想の範疇《はんちゅう》だったくらいで。今更それを気に病んでメゲるほど、哲史の神経は細くなかった。

そんなこんなで。

どうせなら、翼には美味《おい》しいものを腹いっぱい食べてもらいたいと。今や、哲史の作る弁当はどこに出しても恥ずかしくないほどに、味も見映《みば》えもグレードアップするばかりであった。

——と。

「あ……いんげんとニンジンの肉巻き」

目敏《めざと》く自分の好物を見つけた龍平が、

「ツッくん、それ、ちょうだい。俺のシュウマイあげるから」

何の遠慮《えんりょ》もなく、箸を突《つ》っ込む。

「龍平。おまえ、人の弁当に箸突っ込むんじゃねー」

ギロリと翼が睨んでも、

「大丈夫。まだ、箸、ナメてないし」

ぜんぜん気にもしない。

それどころか。あの『蓮城翼』の弁当に平気で箸を突っ込むという、普通では、まず絶対にありえないその暴挙に、呆気に取られて凍りつく周囲の視線すら黙殺して、

「……んー……美味しい♡　やっぱ、テッちゃんが作った肉巻きがサイコー」

ニコリと笑う龍平は、ある意味、天下無敵であった。

ウマイと言われて頬が緩《ゆる》むのは、哲史も同じだった。

なにしろ。哲史の作ったモノはなんでも、文句も言わずに残さず綺麗に食べるが。翼は、そういうリアクションとはまったくの無縁《むえん》だったもので。

張り合いがない。

そんなことは微塵も思っていない哲史だが。翼とは別口で、龍平が笑顔満開で美味《うま》そうに食べてくれれば、それを見ているだけで、哲史も幸せな気分になるのだった。

だから、つい、

「ダシ巻き卵もあるけど。食う？」

言ってしまう。それも、龍平の好物だと知っているからだ。

普段、こってりと濃い口なものよりあっさり味を好む翼だが、唯一の例外は卵焼きで。弁当に入れる分は、いつも、砂糖を加えて甘くしてある。

なので。

哲史は、翼の父親が弁当を持参する——仕事が忙《いそが》しくなると昼食時に外に食べに行くのも面倒になるらしい。かといって店屋物ばかりでは栄養が偏《かたよ》って飽《あ》きるので——ときには翼の分とは別に父親用にダシ巻きも作るのだ。そうすると、翼の父親はとても喜んでくれるので。

「食う。ついでに、かぼちゃコロッケももらっていい？」

「いいぞ」

遠慮という言葉を知らない龍平は、嬉々《きき》として箸を伸ばす。

「龍平。おまえ、自分の弁当を食え、自分のを」

翼のトーンが更に低くトグロを巻いても、

「ウン。テッちゃんが作ったのを先に食ってからね。でないと、全部、ツッくんに食われちゃ

うし」

まったく、ぜんぜん動じない大物ぶりだった。

ニコニコと実に満足そうに龍平がダシ巻きを頬張るのを見て、とりあえず、哲史はホッ…と胸を撫で下ろす。

(龍平……ちょっとだけ復活してきたかな)

最初、いつにない仏頂面《ぶっちょうづら》で弁当箱を抱《かか》えて教室に入ってきた龍平を見たときには、本当に、どうしようかとマジでへたり込みたくなったが。これで、少しでも龍平が浮上《ふじょう》してくれたら、哲史的には万々歳《ばんばんざい》であった。

もっとも。

復活の兆《きざ》しがあるのは龍平だけで。

遠慮もなく哲史の弁当を摘《つま》んでいる龍平をじっとりと流し見たまま、無言で、ひたすら箸だけを動かしている翼の機嫌は果てしなく地の底を這《は》いずり回っているに違いない。

哲史には、それが、

『家に帰ったら覚悟《かくご》しとけよ、哲史。洗いざらい、キッチリ全部吐《は》かせてやるからな』

——と、言われているようで。ちょっとだけ、ビビる。

(まぁ、しょうがないよな。ちゃんと話しておかなかったのは、やっぱ、俺が悪かったんだろうし)

見通しが甘かったことは、認める。

認める、が……。

まさか、哲史も、こんな展開になるとはまったく予想もつかなかったというのが正直な心境だった。

龍平がブチキレて。

翼が、不気味に沈黙する。

いつものセオリーを無視した変則的なパターンだけに、哲史だけではなく、周囲も、何やら不穏《ふおん》にざわついている。

龍平が復活したからといって、それで全てが丸く収まる――わけではないだろう。

(だって、龍平の奴、おもいっきり吐き捨てちゃったもんなぁ)

全校女子の憧《あこが》れの的である王子様の、

『俺は絶対、許さない』

発言は――軽くない。

その場のノリで出た言葉ではないだけに、哲史としては、それが周囲にどういう影響《えいきょう》をもたらすのか……それを考えると、ちょっと、下腹のあたりがズンと重くなるのだった。

◆◇　　　◆◇　　　◆◇

広々とした学生食堂は、今日も満員御礼《おんれい》であった。

安くて。

ウマくて。

ボリュームがあって。

そんなランチメニューに舌鼓《したつづみ》を打ちながら、楽しいおしゃべりに興ずる。

いつもと変わらない学食風景であった。

しかし。

やはり、ここでも、話題の中心が例の『噂』であることに変わりはなかった。

もちろん。佐伯翔《しょう》のいるテーブルでも――だ。

「なぁ、なぁ、佐伯。聞いた？」

「何を？」

「五組の女子、朝っぱらから号泣《ごうきゅう》……だってさ」

「……らしいな」

それほどの興味はなげに、ボソリと漏らして。佐伯は、ランチメニューでも常にベスト3に入るサクサク衣《ころも》のメンチカツにかぶりついた。

「そりゃ、だって……なぁ？」

「おぅ。あの市村先輩に『サイテー』だの『絶対に許さない』だの、言われてみろよ。男の俺だって、心臓にグサグサくるぜ」

「ホント。全校の恥曝《はじさら》し……つーか、市村先輩のファンを完璧、敵に回しちゃったようなもんだし。グッサリ、ヘコむよな」

「……死にたくなるんじゃねー？」

誰も、彼も。

どこも——かしこも。

当事者の苦渋《くじゅう》をよそに、朝っぱらから、その話題で派手に盛り上がっている。

本館校舎では、誰一人《ひとり》として、その現場をリアルで体験したわけではないのにだ。

いや。

だからこそ。『噂』は様々な尾《お》ひれを付けまくって、激烈《げきれつ》な勢いで本館を吹き抜けたのかもしれない。

こうなるともう、何が『本当』で、どれが『嘘』なのか。そのボーダーラインはボヤけて、曖昧《あいまい》に霞《かす》んでしまっている。

ただ。

『杉本哲史を卑怯者呼ばわりされて、市村龍平が激烈に怒っていた』

ことだけは、間違いのない現実で。

それを知った一年五組の連中――とりわけ女子が、

『号泣に次《つ》ぐ号泣で、午前中は授業にならなかった』

――のも、事実であった。

昼休みをインターバルにして、それが少しは改善されるのか。本館校舎の一年生たちの心中はおもいっきり複雑であった。

なぜなら。同情したいのは山々だが、うっかりそれを口にして、そのトバッチリが自分に降りかかるのは怖い。

本館と新館では、今度の一件に対する受け止め方の温度差が歴然としていた。

なにより。一年五組の言動が、単に一クラスだけの問題だけではないことを、彼らが自覚していたからだ。

「普段の市村先輩があれ……だしな。想像するだけで、ギャップがスゴくて目眩《めまい》がしそう」

「けど……俺、マジでビックリ。あの市村先輩でもキレることって、あるんだな」

「自分のことでもないのに、スゲーよな。幼馴染みって、そんなモン？」

「杉本先輩、ただのパンピーなのになぁ」

「なんか、聞いた話じゃ、スゴかったらしいぞ。大魔神も真っ青……だってさ」

（そりゃ、誰だってビビるだろうよ）

思わず、それを思って。佐伯は、小さく舌打ちをする。

斯《か》く言う、佐伯も。先週末の土曜日、その洗礼を受けたクチであった。

北白河《きたしらかわ》にあるスポーツ専門店『ＮＡＪＩＭＡ』で哲史を見かけたのは、まったくの偶然《ぐうぜん》だった。ちょうど部活が完全休養日にあたり、テニス部の佐伯は、ラケットを新調しようと思ってやって来たのだ。

いや。翼にシメられて以来、何かと風当たりが強くて。ラケットでも新調して気分でも変えなければ、やっていられなかったのだ。

そしたら。いきなり、哲史と龍平のデート現場に出くわしてしまった。

ビックリ、した。

ドッキリ、した。

思わず足を止めて、マジマジと見入ってしまった。

「一番好きなのはテッちゃん」

それを公言して憚《はばか》らないバスケ部のエースは、学校で見かけるとき以上にニコやかな——極上の笑顔を振りまいていた。

いや……。

はっきり言って。ノーミソが蕩けてるんじゃないかと思うほど、見ているこっちが恥ずかしくなるくらいのデレデレの甘々だった。

噂によれば。

龍平には、誕生日に手作りの特製ランチバッグをプレゼントしてくれる『彼女《ほんめい》』がいるらしいのだが。そんなものは、ただのカムフラージュに決まっている。

でなければ、週末の土曜に、こんなところでこっそりデートなんかするはずがない。

体格的に差のありすぎる二人が並んで歩く様はそれだけで目を魅《ひ》いたが、それにもまして、垂れ流す親密さは傍迷惑《はためいわく》なほどに濃厚《のうこう》だった。

べったり。

……まったり。

…………いちゃいちゃ。

どこから見ても、ラブラブの『バカップル』だ。

変な話、腕《うで》を組んでいないのがよほど不自然に見えた。


アノ二人、ヤッパ、できテンダ？

それを思うと。取って置きの瞬間を目撃《もくげき》したという興味津々な興奮よりも、じっとりと眉間に皺《しわ》が寄った。

女生徒には絶大な人気を誇る『王子様』は天然だから、趣味が悪いのはしかたがない。

その趣味の悪さをどうこう言うつもりも、ない。

バスケ部のエース様が、どこの誰を好きになろうが、佐伯には何の興味も関心もなかったからだ。

だが。

べったり甘々な本命がいるくせに。

パシリの弁当係のくせに。

ただの幼馴染みだというだけで、佐伯の心酔するカリスマにまで色目を使う哲史が――許せなかった。

だから。

どうしても。

あとを追いかけて、言わずにはいられなかったのだ。

「その、汚《き》ったない目で蓮城さんに色目使ってんじゃねーよッ」

けれど。

まさか……。

あの『天然脱力キング』のバスケ部のエースの口から『殴る』という言葉が出てくるとは、予想もしなかった。そういうタイプではないと、頭から信じ込んでいたからだ。

なのに。

まったりと耳に馴染んだ口調から甘いトーンが抜けると、まったくの別人……だった。

その瞬間。

思わず、我が耳を疑い。

呆然として。

——絶句した。

あからさまに声を荒げているわけではないのに、怒り心頭している様がビンビンに伝わってきた。

正直、ビビッた。

それは、なぜか。タイプはまったく正反対なのに、翼と同質のモノを感じさせて……。

そのとき。

佐伯は、初めて。バスケ部のエースという肩書きだけではない、翼とタメを張れる『市村龍平』という男の価値をしっかりと認識《にんしき》したのだった。

(…にしたって、天然脱力キングのくせに、やっぱ、あーゆーのは詐欺《さぎ》——だよな)

そんなものだから。今回の龍平の大魔神ぶりを耳にしても、佐伯は、ほかの一年連中ほどの衝撃はなかった。

ただ……。

ナンダヨ。ヤッパ、めろめろジャン。

それを再確認しただけで。

『杉本哲史』が一年五組の連中に卑怯者呼ばわりをされて、『市村龍平』は周囲を騒然《そうぜん》とさせるくらいに激怒した。

――が。

『蓮城翼』は、何のリアクションもしなかった。

その明確な『差』を、佐伯は強く意識した。

本命と。

……パシリ。

今回のことで、ある意味、キッチリとした答えが出た。

そう、佐伯は確信した。

だったら、まだ、自分にもチャンスは残っている……と。

このままズルズルと引き下がって負け犬になるのだけは、どうにも我慢ができなかった。

「けどさ、佐伯。ブッちゃけ……おまえはどうなん？」

「どう…って、何が？」

「いや……だって。あいつらのやったことって、結局、高山《たかやま》の不登校を抗議《こうぎ》してのデモンストレーションだろ？」

「……だから？」

「そこらへん、おまえとしては、どう思ってるわけ？」

「どうも思ってねーよ」

「え……？」

「それって……。五組の奴らにゃ、共感も同情もしないってことか？」

「俺は別に、カンケーねーし」

「……そうくるか」

「でも、高山たちは一応、おまえの仲間……だったわけだし」

「蓮城さんに一発喰らったのは俺で、あいつらじゃない。なのに、なんでいきなり不登校になんのか……訳わかんねー。…って、感じ」

実際。

佐伯は。自分と同じ『親衛隊』を名乗っていた連中が、あんな根性ナシだとは思わなかったのだ。

こんなんじゃ、ますます、あのパシリを図に乗せるだけなのに、どうして、そんな簡単なことがあいつらにはわからないのだろう。

失望した。

ガッカリした。

あいつらも、そこらへんのミーハーにちょっと毛が生えただけの腐れファンだったのかと思うと、逆に腹が立った。

だから、佐伯は。誰《だれ》に何を言われても学校には出てきたし、部活も休まなかった。

「でもさぁ。あいつらの親が、いろいろ言ってるらしいじゃん」

「あー……それ、あれだろ。臨時のクラス会やるとかなんとか……。五組の奴ら、そんなこと言ってたぜ?」

「だからさ。五組の連中としては、ありもしないイジメをやってるとか……そんな痛くもない腹探《さぐ》られるのがイヤで、杉本先輩《せんぱい》に掛《か》け合いに行ったんじゃねーかって」

掛け合いに行って、暴言吐きまくって自爆——では、バカ丸出しもいいところだ。

新館校舎では、実際に、そんなことを言われているらしい。

もちろん。

佐伯たち親衛隊が哲史とトラブったときも、同じことを言われている。翼にシメられただけですぐに不登校になってしまった奴らは知らないだろうが。

その上。佐伯は、テニス部の先輩から、けっこう嫌味《モノ》な説教をたっぷり喰らったのだった。

それは。あのとき。哲史が自分たちに突《つ》きつけた言葉と大差はなかった。

だから。よけいに脳味噌がグラグラした。

哲史は、見た目以上にしぶとくて。

思っていたよりも、ずっと手強《てごわ》い。

それは、あの日、佐伯が身をもって経験したことでもあった。

かといって。それを口に出す気もなかったが。

「八組の飯田《いいだ》のトコなんか、やっぱり親が、担任にもけっこうキツイねじ込み入れてるって聞いたけど？」

「関係ねーよ、親なんか」

「けど、もし、それが大事《おおごと》になったりしたら、やっぱ、蓮城さんにも呼び出しがかかるんじゃねー？」

「……だよな。さすがの蓮城さんもバックレちゃいらんねーだろうし」

そういうことが絶対にないとは言えない。

佐伯自身は、そんなことになったら、恥《はじ》をかくのはそいつらの親の方だと思っているが。実際のところ、不登校を続けているかつてのメンバーが何をどうしたいのか。まったく、ぜんぜんわからない。

だからといって。自分からアクションを起こしてどうこうしようという気持ちも、佐伯にはまるでなかった。

いや。

はっきり言って。

根性ナシの連中のために、これ以上、無駄《むだ》に足を引っ張られるのはゴメンだと思っている。

それは、今回、五組の連中が勇み足の墓穴を掘ったことでますます強くなった。

自分は、自分。

それを思って、佐伯は、残りのメンチカツをガツガツと食った。

＊＊＊＊＊　Ｖ　＊＊＊＊＊

放課後。

いつものように。

通学用の鞄《かばん》とは別に部活用のドデカいバッグを肩に掛けてクラブハウスへと向かう男子バスケ部主将――黒崎一輝《かずき》の足取りは、いつになく重かった。

午後になっても、雲ひとつない空はスッキリと晴れやかなのに。

視界は隅《すみ》から隅まで、眩《まぶ》しいほどキラキラ……なのに。

のっそり。

……くったり。

…………どったり。

その歩みは、まるで泥濘《ぬかるみ》の牛歩のごとく。

(はぁぁぁぁ…………)

ため息まじりに視線を足下に落とした黒崎の顔つきは今ひとつ……いや、まったくもって、ぜんぜん冴《さ》えなかった。

朝っぱらからガンガン派手に盛り上がっている、部活の後輩でもあるところの、『市村龍平、大魔神事件《ブチキレ》』

その後の対策に頭を悩《なや》ませている。

もちろん。

――それも、あるが。

今、現在。

（マイったな、もう……）

黒崎の頭痛の種は、女子バスケ部の主将である白河遥奈《しらかわはるな》から聞かされた『頼み事』に纏《まつ》わるアレコレだった。

きっかけは、昼休み。

いつものように学食で昼飯を食ったあと、思いがけず、白河に呼び止められたのだった。

１８０㎝のスラリとした長身の白河は、どこにいても目立つ。

目鼻立ちのくっきりした容貌《ようぼう》に、ベリーショートに近い短髪《たんぱつ》。キビキビとした言動は、バスケ・プレーヤーというよりはむしろ宝塚《たからづか》歌劇の男役のようだと言われる。

もっとも。

その白河よりも更に縦も横もデカくて、筋肉質。試合になれば、ゴール下で相手をガツガツ蹴散《けち》らしてブロックするパワー・プレーが得意な黒崎と白河が並ぶと、まるで『美女と野獣《やじゅう》』なのだが。

いつもはジャラジャラと何人もの友人を引き連れている白河は、珍しく一人だった。同じクラスの飯友《メシとも》たちは、どうやら、黒崎が食堂から出てくるのを待ち構えていたらしい白河の行動に意味ありげに冷やかしの言葉を口にしたが。同じ部活の主将同士、そこらへんの変にカッコつけた軟派《なんぱ》な男子生徒よりはよほど男らしい性格な白河に、今更ドキドキとときめく恋心などはない。

——と。きっぱり言い切れるほどには気心の知れた相手であった。もちろん、常日頃から誰の前でも平然と苗字《みょうじ》で呼び捨て状態の白河も同意見だろうが。

その白河に、何の前置きもなく、

「ちょっと……頼みたいことがあって」

いきなり、そんなふうに切り出されて。黒崎は、一瞬……目が点になった。

頼みたいこと？

（白河が……俺に？）

珍しいこともあるものだと思った。

白河の頼み事なら、それがどんなことであれ、女子部のメンバーたちはふたつ返事で我先にと買って出たがるだろう。

なにせ。口の悪い男どもはヤッカミ半分で、女子バスケ部は『白河遥奈のハーレム』呼ばわりをしているくらいである。

だから、逆に、モテない男の『負け犬の遠吠《とおぼ》え』と皮肉たっぷりにネジ込まれても、何の文句も言えないのだが。

そのくらい、女子部の結束は強い。集団で来られたら、まず、誰も勝てない。

そんな女子部のメンバーを差し置いての『頼み事』というのが、黒崎には、まったく、見当もつかなかった。

すると。

普段は男相手であってもきっぱり、言いたいことをズバズバと口にする白河は、

「ウチの新入部員の中に、一年五組の子がいるんだけど」

いつもと違って妙に歯切れ悪く、語りはじめたのだった。

そのとき。

初めて。

黒崎は、龍平がマジギレになった原因であるところの、

『親衛隊との喧嘩に負けた仕返しを蓮城翼に頼んだ卑怯者』

その暴言を哲史に投げつけたのが一年五組の男女であることを知った。

しかも。

しい。

最悪なことに。

女子部の新人は、当日はしっかり、そのメンバーとして哲史の吊るし上げに加担していたら
ビックリ。

ドッキリ。

ブッたまげ——である。

一瞬、あんぐりと目ン玉を見開いて、

「……って、白河。おまえ……そりゃ、マズイだろぉ」

思わず声を荒げてしまった黒崎に、白河は、なんとも言いがたい顔をした。

【杉本哲史にチョッカイをかけて、市村龍平を怒《いか》らせるな】

それは、バスケ部の鉄則である。

男子部、女子部は関係ない。

一年前、龍平とトラブったのは今春卒業した男子部員だったが、なにしろ『市村龍平』は女生徒には絶大な人気を誇るレギュラー選手である。

幸いにして、今のところ、女子と哲史がモメた話は聞かないが。天然脱力キング——の異名を取る龍平の普段の言動が言動ではあるし、今日は大丈夫だったからといって、明日に何が起こるか、それは誰にもわからない。

それが証拠《しょうこ》に、翼絡みでは相変わらず、男どもは性懲《しょうこ》りもなく哲史にチョッカイをかけては派手に自爆を繰り返している。

そんなものだから、

「おまえ、一年に、キッチリ念押ししなかったのかよ?」

黒崎の口調も、つい、キツイものになる。

男子部では、新入部員だけを部室に呼んで——さすがに龍平本人の目の前では憚《はばか》られた——その点をキッチリと念入りに叩《たた》き込んだ。

中には、

『なんで、そんなことを……』

あからさまに不審《ふしん》げな顔つきの者もいたが。そこはクドクドと説明する暇もなかったので、とりあえず、あったことを実例として挙げて、

「市村と杉本は幼馴染みの親友。市村に嫌われたくなかったら、キッチリ部活をやりたかったら、絶対に杉本には構うな」

主将命令で徹底《てってい》させたのだった。

体育会系は上下関係が絶対条件。

——などと、エラソーに踏《ふ》ん反り返るつもりはないが。よけいなトラブルの芽を摘《つ》んで男子バスケ部の平穏《へいおん》を維持《いじ》するためなら、権限を行使するのに何のためらいもない黒崎だった。

当然。女子部でもそうだと、黒崎は思っていたのだが……。

「した…ンだけど、面白《おもしろ》半分のジョークだとか思ってたらしくて。普段の市村があれ、だし。まるっきり信憑性《しんぴょうせい》ない……みたいな感じ？」

「みたいな……じゃねーって」

黒崎は、マジでその場にへたり込みたくなった。

登校時、その『噂』を耳にしたときは、

（…ったく、何を考えてやがるんだろうな。今年の一年、弾けすぎ。ホント、学習能力の欠片もねーな）

気分的には、あくまで他人事《よそごと》だった。

なにしろ。ことは、親衛隊絡みだったもので。

（こりゃ、蓮城の奴、連チャンで大爆発じゃねーか？）

けれども。

大方の予想を見事にスッパリと裏切って、マジギレしたのが『本命』の翼ではなく『大穴』の龍平だと知ったときには、

（……ウソぉ）

唖然。

呆然。

絶句の嵐——だった。

ブッこいていた余裕は木端微塵《こっぱみじん》に弾け飛んで、頭の中は真っ白になった。

なのに。

ここへ来て、更に、身内の問題にまで発展してしまうとは思いもしなかった。

最悪のドツボ、である。

「——で？　どうすんだよ。市村、マジギレだぞ」

白河だって、そんなことは、とっくの昔に知っているだろうが。口の中がやたら苦くて、何かを言わずにはいられなかったのだ。

これが元で、男子部と女子部の間に亀裂《きれつ》が入ってぎくしゃくしてしまうようなことにでもなれば、目も当てられない。

それを思うと。愚痴りたくはないが、愚痴らずにはいられない黒崎だった。

普通。いくら幼馴染みの親友とはいえ、自分のことではない他人事であそこまで真剣に怒ることのできる人間は希《まれ》だろう。

いや……。

それを言うなら、翼の『三倍返し』はすでに一本突き抜けてしまっているのだが。その理由付けには、

『自分のファンを騙って杉本哲史に嫌がらせの八つ当たりをする奴』

確固たる明確な意思表示があって、誰が聞いても納得せざるを得ない説得力があった。

黒崎には、彼ら三人の、ある種、過剰《かじょう》とも思える絆《きずな》の深さはいまいち理解しがたいところもあるのだが、自覚の有無《うむ》にかかわらず、土足で踏み込んではならない領域というのは確かにあるのだということだけはわかった。

翼も哲史も、部活とは縁《えん》のない帰宅部だが。龍平は、県内でも名の知れたバスケ部のスター選手である。スキャンダルは、あってはならない命取りであった。

だからこその『バスケ部の掟《おきて》』——だったのだが。

昼休みが始まる前までの最新の情報では、いまだ、龍平に復活の兆《きざ》しはないらしい。

(頼むから、部活までにはちゃんと復活してくれよぉ)

それが、黒崎の切実な願いだった。

ブチキレ状態での部活は、マズイ。

周囲への影響も出るし、なんといっても、注意力散漫《さんまん》は怪我のモトだ。

去年の冬は、もう少しで県のベスト4に食い込めるところだった。今年の夏の大会では、絶対、決勝に残りたい。

なので。何があっても、怪我と暴力沙汰《ざた》だけは勘弁《かんべん》してもらいたいと思う黒崎だった。

「だから、大津《おおつ》が、バスケ部をやめるって言い出してるわけ。なんか、市村の『絶対許さない』発言がものすごいショックだったらしくて、三限の休み時間にあたしのとこに来て、号泣《ごうきゅう》……」

それは、困る。

——と、白河は言うのだ。

今年の新人の中ではピカイチの逸材《いつざい》で、なんとか、それだけは思い止《とど》まらせたいと。

(朝イチの三限休みで、ソッコー、白河に泣きついて号泣……かよ。市村の影響力って、ホント、マジでシャレにならねーよな)

黒崎は、内心、どっぷりとため息をついた。

が……しかし。

それはあくまで女子部の事情であって、そんなことを黒崎に相談されても——困る。

白河も、事が事だけに、誰彼《だれかれ》なしに相談できないという事情もあるのだろうが。この状況でそれを愚痴られても、黒崎だって、どうしようもない。

今更、号泣しても。

マジでシャレにならなくても。

どうしようもないものは、どうにもならない。

後悔《こうかい》先に立たず——である。

(そういうのって、自業自得って言うんじゃねーのか?)

それを思って、白河の顔をじっとり見やった。

――とたん。

「市村に、なんとか……宥《なだ》めてもらえないかな？」

白河は、黒崎の脳味噌を容赦なくガシガシと揺さぶってくれた。

「なんか……もう、市村と同じバスケ部にはいられない。やめる――の一点張りで、頭ガチガチになってんのよ」

（何――考えてんだぁぁ、白河ぁぁッ。おまえ、正気かッ？）

むり。

……ムリッ。

…………絶対、無理ッ！

どこをどう押せば、そういう話になるのか。

あまりに非常識な白河の『お願い』に、

「そんな話、ブチキレ状態の市村に切り出せるわけねーだろッ」

黒崎は、ガウガウと吠《ほ》えまくった。

火に油を注ぐ――というより、油田にミサイルをブチ込むようなものだ。

そんなことになったら、龍平だけではなく、男子部だってガタガタのズタボロになってしまうに決まっている。

なのに。

「ウソも方便っていうか。気にしなくていいよ——くらいで、いいんだけど。……ダメ？」

白河の面《ツラ》の皮は、思った以上に厚かった。

（方便でデマカセ吐けるタイプなら、俺は苦労しねーんだよッ）

駄目《だめ》。

反対。

絶対に——却下《きやっか》ッ！

（女子部《おまえら》の尻拭《しりぬぐ》いを男子部《おれたち》にさせるなぁぁッ）

その台詞で、白河の横っ面をおもうさま張り飛ばしてやりたくなる黒崎であった。

勢い、

「白河。おまえ……いくら自分とこの事情があるからって、『できる』ことと『できない』ことの区別もつかないノーナシになってんじゃねーよ」

その口調はおもいっきりの低空飛行である。

「黒崎でも、やっぱり……ムリ？」

「俺でも……じゃなくて、誰にだって無理に決まってんだろうが」

黒崎は男子バスケ部の主将ではあるが、超天然の王子様のコントローラーではない。それができる豪傑は『杉本哲史』だけである。

その最強にして唯一無二のコントローラーである哲史を『卑怯者』呼ばわりされて、王子様は朝からマジギレの大魔神だ。

部活で起こったことなら主将の責任で何とかしようもあるが、それ以外のところで勃発したトラブルをどう収拾しろというのだ。

ことは『杉本哲史』絡みである。

ましてや。『三倍返し』の翼は、いまだ、沈黙を保ったままだ。

何もリアクションがないからといって、聞き流しにしているわけではないだろう。

その寡黙《かもく》な能面ぶりが、不気味――なのだ。

堪忍袋《かんにんぶくろ》の緒《お》をキリキリに引き絞《しぼ》った状態なのが丸わかり……。

そんな状態で、

(下手に首なんか突っ込めねーよッ)

――というのが、黒崎の偽《いつわ》らざる心境だった。

まったく。

よりにもよって。

こんな、大それたことを考えていたとは……。

(白河の奴、もしかして、ホントは、ものすげー命知らずのチャレンジャーだったりすんじゃねーか?)

だいたい。

そもそも。

話の筋が違うのではないか？

龍平に『許さない』と言われたのがショックでバスケ部をやめると言うなら、その前に、哲史を『卑怯者』呼ばわりをしたことを謝罪するのが筋だろう。

そう思う黒崎は、しごく真っ当な常識人であった。

だが……。

「それは、あたしだってそう思うけど。でも、あの子たち……なんか、変な刷り込みが入ってんのよ」

変な刷り込み。

それは。

『親衛隊とトラブったのは杉本哲史なのに、なぜ——どうして、蓮城翼が仕返しに出張ってくるのか』

——である。

（なんで…って、そりゃ、あいつらが、八つ当たりの嫌がらせで杉本に怪我までさせちまったからに決まってるだろうが）

黒崎に言わせれば、それこそ、単純明解な論理であった。

自分の名前をダシにして友達を傷物にされたら、誰だって怒るに決まっている。

そんなことをされたら、黒崎だってそいつをネジ込みに行く。当然だ。

もしも、そのことが原因で友達との仲に亀裂が入ってしまったら、イヤだからだ。

変に誤解されたまま言い訳もできずに絶交なんかになったら……最悪だ。

だから、ソッコーでネジ込みに行く。

事実が変なふうに歪んでしまわないうちに。

それが、ダシにされた自分の正当な権利であると思う。

なのに。

何の関係もない奴に『仕返し』呼ばわりされるのは、業腹以外の何ものでもないだろう。

そういう意味では『三倍返し』を公言して憚《はばか》らない翼の言動は過激だが、非常にわかりやすかった。

「卑怯者呼ばわりの暴言を吐いたことは、確かにマズかったとは思ってるみたいなんだけど。でも、元々の原因を作ったのは杉本なんだから、自分たちだけが悪者呼ばわりされるなんておかしい。そう、思ってるみたいでさ」

「だから。なんで——杉本？　おかしいだろ、それは」

自分たちの思い込みで一方的に因縁を吹っかけたのは、親衛隊である。

トラブルの原因を作ったのは親衛隊であって、哲史ではない。

しかも、怪我までさせられているのである。

それを、対等な喧嘩であると思い込んでいることも、だが。親衛隊の連中が不登校になってしまったのは、哲史が喧嘩に負けた腹いせに翼に仕返しを頼んだせいだと言い張っているのが……黒崎には理解できない。

その、あまりに身勝手な言い草にはさすがに不快も極《きわ》まって、

「自分たちのやったことにそんだけ自信があるんなら、別に部活をやめることねーじゃん。市村が何を言おうと、関係ねーだろ」

それを口にすると。

「だから、大津にしてみれば、クラスメートのために良かれと思ってやったことなのに、バカ丸出し――みたいな言われ方されてるから。その上、憧れの王子様な市村に自分の人格ごと頭ごなしに完全否定されたような気がして、よけいにショックだったんじゃない？」

白河は、そんなふうに庇《かば》う。

そこまでくると、もう、話の筋道もへったくれもなくて。

「何、それ。訳わかんねー……」

――としか、言いようがない黒崎だった。

とにもかくにも。

白河には、

「とにかく。その頼み事は、絶対拒否《きょひ》……だから。つーか、その話、市村の前で絶対漏らすな

よ？　普段のあいつが甘々な天然だからってナメてかかってると、大火傷《おおやけど》すんぞ。杉本が絡むと、あいつ、下手すると蓮城よりもスゲーんだから。そこらへん、もう一度、女子部に徹底させとけよ」

キッチリと駄目出しをしておいた黒崎だが。『頼み事』というにはあまりにも身勝手な女子部の言い分を思い返すだけでも何やら胸《むな》くそが悪くなって、部活へ向かう足取りもどんよりと重くなるのだった。

◆
◇

◆
◇

◆
◇

その頃。

いつものように。

いや……。

いつもよりずいぶん遅れて。

昼飯を食ったあとにようやく気分を持ち直した龍平が、のっそりとした足取りでバスケ部の部室にやって来ると。ザワザワとざわついていた部室内が、いきなり、水を打ったように静まり返った。

その、あまりに露骨すぎる変化に、

「――あれ？　どうしたの、みんな」

龍平がわずかに小首を傾《かし》げる。

――と。

バスケ部員たちは揃《そろ》いも揃って、マジマジと龍平を見やり。そうして、なぜか……一様に、どんよりと息をついた。

「……え？　なに？」

フリ……じゃない。

まるっきり。

おもいっきり。

本当に、何もわかってないのが見え見えだったりするものだから、部員たちのため息はますます深くなる。

「何――じゃねーって」

まるで苦虫を嚙《か》み潰《つぶ》したような顔つきで、江上がボソリと漏らす。

不安と。

安堵《あんど》と。

一抹《いちまつ》の――揺らぎ。

江上が漏らした呟《つぶや》きが孕《はら》むアンビバレンスな感情。それがバスケ部員たちの気持ちを代弁していることなど、もちろん、龍平は知る由《よし》もなかったが。

実のところ。

男子バスケ部員——特に、江上たち二年生は。朝っぱらからのキレぶりを目の当りにしていたので、いつもの時間になってもなかなかやってこない龍平に焦《じ》れて、なんだか……気が気ではなかったのだ。

いや。

それ以前に。

先週の土曜日には『NAJIMA』で佐伯と鉢合《はちあ》わせをして、あわや一触即発《いっしょくそくはつ》状態——だったこともあり。そのときの記憶がまざまざと甦《よみがえ》って、心臓が異様にバクバクになってしまった。

『マズイ』

『ヤバイ』

『最悪』

その言葉だけが、頭の中をグルグル状態。

半ば戦々恐々《せんせんきようきよう》として、放課後の部活に出てきたのだった。

——が。

なんとか、ようやく復活したらしい龍平に、とりあえず、ドッ…と安堵する。

コートの外では何かと常識外れな大物ぶりを発揮して、パンピーを自認《じにん》する江上たちとしては、どうにも憎《にく》めないが重すぎて『自分一人では支えきれないキャラ』な龍平だが。それはそれとして、やはり、いつも通りの龍平でいてくれないと困る。

……というか、調子が狂《くる》う。

なんだかんだ言いながら。龍平の存在そのものが、日常の歯車として自分たちの学園生活のリズムに組み込まれているからだ。

何の変化もなく。

いつものように。

淡々と過ぎていく日常。

そんな平々凡々《へいへいぼんぼん》な毎日が『退屈《たいくつ》』だなんだとホザく輩《やから》は、

「日常の平穏の有り難《がた》みを知らないド阿呆《あほう》ッ！」

——だと、江上は自信を持ってヤッパリと言えた。

半端でなく個性的な三人組のおかげで、江上たちの学園生活はドキドキ・ハラハラには事欠かない。

そんなものだから、

(これ以上の刺激はいらねーッ！)

——とか。マジで思う江上だった。

そんな刺激的個性派三人組の一人、龍平は、

「でも、今日はみんな、えらくユックリしてるんでラッキー……かな。だって、俺一人だけ遅刻《ちこく》だったら、まぁた、黒崎先輩《せんぱい》にドヤされるとこだったし」

まとわりつく視線の意味を顧《かえり》みることもなく、自分のロッカーを開けながら、いつもと変わりないマイペースな天然ぶりを炸裂《さくれつ》させた。

「あ……もしかして、江上たち、俺のこと待っててくれてたの？」

この、周囲を妙に脱力させるズレっぷりがいい。

周りの空気が読めない——のではなくて。読む必要性をまったく感じていないというスタンスが。

傲慢《ごうまん》とは縁《えん》のない、常に前向きな大らかさ。

癖《くせ》はあるが、柔らかな口調。

ゆったり。

……まったり。

…………のんびり。

普段の龍平は、何があっても自分のペースを崩さずに周囲を和ませる才能の持ち主だった。

なので。

「そーだよ。おまえがあんまり遅《おっ》せーから、まぁた、どっかでフラフラ・ポヤポヤしてんじゃねーかって、みんなで話してたんだよ」

SA

江上もさりげなく、いつもの調子で見え見えの『日常』にしてしまう。

「おまえがいなきゃ、俺だけ、ウォーミングアップのストレッチ、一人でシコシコやんなきゃなんねーし。…ったく、頼むから、もうちょっとシャキシャキしろってぇ」

実際。普段の龍平と大魔神な龍平のギャップが物凄《ものすご》いので、江上も、本当はどこらへんまでが『天然』の限界なのか——よくわからない。

もしかしたら、計算ずく……なのかもしれないし。

そうではなくて。

本当に、底ヌケ・枠《わく》ナシ……だったりするのかもしれない。

どっちか、わからないが。

龍平の本音の右も左も——まったく読めないが。

それでも。

『雰囲気は悪いままにしておくより、良いことに越《こ》したことはない』

——というのが、江上のポリシーであった。

「ハハハ……。ゴメン。ちょっと、購買《こうばい》に寄ってきたから」

「購買?……なんで?」

「うん。パン買いに」

「はぁ?」

「イヤ……なんか、小腹が空《す》いちゃって」

「昼飯……ちゃんと食ったんだろ？」

ちゃんと、どころか。翼の弁当箱に遠慮もなく箸を突っ込み、その上、哲史の分までガバガバ食った——らしいことは、すでに、他クラスの二年生たちにも筒抜《つつぬ》け状態であった。

パンピーな男子生徒たちは、

『あの蓮城の弁当に平気で箸を突っ込める神経が……わかんねー』

『大物すぎて、やることが怖すぎ』

『見てるだけで——凍った』

真剣に驚いていたが。

あの三人組には世間様の『一般常識』を期待するなというか、常識の枠に当てはめるのはかえって非常識というか。龍平が、イタリアン・レストランで哲史の皿から好きなモノを摘《つま》んでガツガツ食っていたのを見知っている江上たちには、何を今更……であった。

「食ったけど、パンは別腹」

「市村……。おまえの胃袋《いぶくろ》、四次元ポケットが付いてんじゃねーか？」

臭《くさ》い物に蓋《ふた》をする——というよりは、予定調和の『お約束』。

そうして。

部室も、いつものざわめきに馴染んでいく。

さりげなく、和んでいく。

それができるのは、やはり、人間関係の善し悪《あ》しというか。培《つちか》ってきた過去の経験値がモノを言うのだろう。

逆に。

部室の雰囲気があまりにもあっさり、いつもの日常に戻ってしまったことに戸惑っていたのは、一年の新入部員たちだった。

龍平の大魔神ぶりは一年の本館校舎の隅々《すみずみ》にまで轟《とどろ》き渡《わた》っていたので。

いや。

普段の龍平の甘々な脱力キングぶりしか見たことのない一年新入部員は、まるで一陣《いちじん》の突風《とっぷう》……いや、台風もどきの威力《いりょく》で駆け巡ったその『噂』がどうにも信じられなくて。半信半疑のまま、部活に出てきたのだった。

――で。

実際、目の前の龍平を見て、彼らは一様に、ホッ……と安堵《あんど》のため息を漏らした。

アー……びっくりシタ。

ナンダ、ヤッパ、がせねたダッタンダ？

噂ッテ、意外ニ当テニナラネーヨナ。

心配シテ、損シチャッタゼ。

ヨカッタァ……。

デモ、大魔神ナ市村先輩ッテ、一度見テミタイ気モスルヨナ。


ヒソヒソと、囁き合う声は止まらない。

龍平がやってくるまでの何やら不穏なムードが一掃《いっそう》された安堵感で、一年たちはやっと自分の居場所を取り戻したような気さえしたのだった。

「ンじゃ、そろそろ、行くか？」

「市村、トロトロしてんじゃねーって」

「えー……ちょっと、江上、俺まだ着替《きが》え中だってば」

「いいから、さっさとしろって」

ガシャガシャとロッカーの閉まる音がして。

バタバタと足音が響いて。

ざわめきも、一気に慌《あわ》ただしくなる。

そのざわめきに釣《つ》られるように、一年部員たちの潜《ひそ》めていた口もつい緩《ゆる》みがちになった。

「俺、五組の奴に頼まれちゃったんだけど」

「何を？」

「市村先輩の様子、どんなだったか、あとで教えてくれって」

「あー……それ、俺も言われたぞ。七組の奴に、だけど」

「やっぱさぁ、みんな、ビビってたよなぁ」

「だって、スゴかったじゃん、噂……」

「そこら中で派手にバンバン燃えまくり」

気を張り詰めていた分、その反動も大きくて。

次第《しだい》に、自分たちのことしか目に入らなくなる。

「……だよなぁ」

「女《じょ》バスの大津なんか、顔面痙《ひきつ》らせて号泣してたってさ」

「マジ?」

「あー……そういや、あいつ、五組だっけ?」

「……つーか、大津だろ? 杉本先輩のこと『卑怯者』呼ばわりの暴言吐いたのって」

「え……? 俺は今村《いまむら》だって聞いたけど?」

「いいじゃん、どっちでも。俺たちには関係ないし」

「そう、そう」

「あいつら、出しゃばりすぎ」

「だけど。面と向かって暴言吐いたのはマズかったけど、杉本先輩のせいで高山たちが不登校になっちまったのは事実だろ？」

「蓮城先輩にケンカの仕返し頼むなんて、やっぱ、反則だよな」

ヒソヒソとした囁きが、愚痴になり。

ついつい、そのトーンに哲史への反発が混じる。

だから。

ロッカーの向こう側のざわめきが薄《うす》れて、いつのまにか、シンと静まり返っていることにも気が付かなかった。

「高山たち……どうなっちゃうんだろ」

「親が、いろいろ言ってるらしいぞ」

「でも、生徒会は杉本先輩の肩《かた》持ってるって」

「なんか、副会長の鷹司さんって、杉本先輩と同じ中学の先輩らしい」

「えー……そういう訳アリだったりすんのかよ。ヒイキだ」

「だったら、高山たち、まるっきり勝ち目ねーじゃん」

「杉本先輩って、見かけによらず、すごいコネ持ってんだな」

「俺、そういう七光《ななひかり》ってキライ」

「そういや、大島《おおしま》って、おまえのクラスだろ？」

「そう……だけど」

「五組の奴らみたいに、クラスでどうにかしようって話……出なかったのかよ?」

「出ないよ。あいつ、すっごいタカビーで嫌われてたし」

「でも、喧嘩は両成敗だろ? したら、やっぱ、杉本先輩ってセコイよな」

「みんな言ってるもんな。親衛隊と杉本先輩の喧嘩なのに蓮城先輩が出て来るのって、おかしいって」

「俺、ちょっと、蓮城先輩にも幻滅《げんめつ》」

――と。

その瞬間。

『ガシャーンッ!』

いきなり。

ロッカーのどこかがへしゃげるような凄《すご》い音がして。

一年部員は、ギョッと、その場で硬直《こうちょく》した。

いったい、何が起こったのかと。

息を吞んで。

ビックリ目を見開いたまま。

ぎくしゃくと、互《たが》いを見やる。

すると。

「なぁんか、ムカツクよなぁ」

異様に静まり返った部室内に、その言葉が響いた。

「でも……そっかぁ。一年の間じゃ、そういうこと言われてるんだ？　知らなかったな、俺」

甘い声質の、のんびりとした独特の——しゃべり。

「テッちゃんのこと『卑怯者』呼ばわりしてんのは、ごく一部のバカだけかと思ってたんだけど……違うんだ？　俺、マジで、今年の一年……キライになりそう」

ロッカーの裏側から聞こえてくるそれが、龍平のものだと知って。

一年部員は今更のように、しんなり……蒼《あお》ざめた。

◆◇　　◆◇　　◆◇

『杉本哲史は、親衛隊との喧嘩に負けてその仕返しを蓮城翼に頼んだ卑怯者』

だから。

『親衛隊の連中が不登校になっているのは、杉本哲史のせい』

そんなことを言われているのだと知ったのは、今朝のことである。

それだけでも憤激《ふんげき》モノなのに、放課後の部室で、そう思っているのが正義漢気取りのごく一部の一年だけではないと知って。龍平は脳味噌がグッグッ煮えたぎるというよりも、頭の芯がツンと冷えた。

ジーンと、耳の奥が痺れて。

こめかみまで、キリキリと痛い。

中学の先輩である鷹司との関係まで変なふうに歪められ、それが哲史への反発に拍車《はくしゃ》をかけているのだと気付かされて――絶句する。

校舎中に轟き渡るスキャンダラスな噂など、龍平はまったく興味も関心もなかった。

特に、哲史絡みの噂など、根も葉もない上に尾ひれまで付けまくっているのがわかりきっていたからである。

けれども。

先走る『噂』には聞き捨てにはできない問題が多々含まれていることを、龍平は、今日初めて自覚した。

これは。

ちょっと。

ヤバイかな――と。

哲史は、いつものように、

「言いたい奴には、言わしておけばいいって。そのうち、飽きるって」

そう言うだろうが。単にごく一部のバカだけではなく、一年生の間ではそういう変な『刷り込み』が入っているのだと知ったからには、龍平はとても、今までのようなお気楽な気分ではいられなかった。

それに。

同じバスケ部の一年部員の口から直にその『事実』を聞かされたことも、龍平的にはちょっと……こたえた。

赤の他人は噂に振り回されて好き勝手にスキャンダルを転がすだけの『傍観者』だが、部活の人間は基本的に『仲間』だと思っていたからである。それが、ただの思い込みにすぎないのだと知って、

(俺……ちょっと、ショックぅ)

さすがに、メゲる。

よくよく考えてみれば。一日の一番長い時間を共有しているクラスメートでさえ、いまだにそうなのだから。沙神高校に入学して二カ月にも満たない、放課後、たかだか二、三時間同じ目標に向かって一緒に汗《あせ》を流しているというだけで、何がわかるわけでもない――のだが。

それでも。

龍平の中では『バスケ繋《つな》がり』で、けっこう無自覚にポイントが高かった……らしい。

目から鱗《うろこ》がボロボロ落ちまくり――である。

(…って。もしかして……。もしかしたら、江上たちも口に出さないだけで、そう思ってんの

かな？）

ふと、そんな疑問すら湧《わ》き上がって。

やっぱり。

――ホントに。

――――そうなのか？

それを思うと。

「ねぇ、江上」

振り返り。部室を出てから、妙にムッツリと黙り込んでいる江上たちに声をかけずにはいられなかった。

「……なに？」

「あのさぁ。江上たちも、もしかして、テッちゃんがツッくんに仕返しを頼んでるとか……そんなふうに思ってる？」

――と。

江上は今更のように、どっぷり深々とためいきを吐いた。

その同じ口で、

「思ってねーよ」

リキを込めて、めいっぱい否定する。そんなふうに思われること自体、心外だと言わんばか

じゃん」
「そう、そう。杉本って見かけはただのパンピーだけど、中身は、ものスゲー根性据《す》わってんじゃん」

それに関しては一言《いちげん》あるのか、梶原《かじわら》もどんよりと漏らす。

なんといっても。

哲史は。

『凶悪すぎる美貌のカリスマ』と『天然脱力キング』という、まったく両極端《りょうきょくたん》に弾けまくっている猛獣《もうじゅう》を両腕《りょううで》にまとわり付かせたままどこでも平気で歩けるような豪傑《ごうけつ》――である。ただのパンピーならば、その半端《はんぱ》でない『重さ』と、目には視《み》えない『プレッシャー』でとっくに潰《つぶ》れているだろう。

「杉本のポリシーって、結局アレだろ？　金持ち喧嘩せず――みたいな」

「蓮城が派手に『三倍返し』を公言しちゃってるから、自分も一緒になって暴走したらマズイ……とか、マジで思ってんじゃねー？」

永井《ながい》も山形《やまがた》も、この一年で、否応《いやおう》なくそれを実感させられた。

「ツッくん、テッちゃんに嫌がらせする奴は自分でシメなきゃ気が済まないタチだから。下手に止めるとブスブス燻《くすぶ》って、よけいに始末に負えなくなるんだよね」

哲史が絡むとリミッターが解除されて、果てしなく凶暴になる。そんな翼とヤルことが双璧《そうへき》ではないかと囁かれている龍平がそれを口にすると、妙に信憑性《しんぴょう》がありすぎて。

「だから、ツッくん、停学喰らうようなヘマしなきゃいい……とか思ってるのが露骨にミエミエだし」

どういうリアクションをするべきか……。

一瞬、迷う江上たちであった。

「そういうとこ、確信犯っていうの？」

「あの顔でそれをやられると、誰も勝てねーよな」

「でも、中学のときに比べたら、ツッくん、ぜんぜん本気のスイッチ入ってないし」

「は……い？」

「蓮城……本マジじゃねーの？」

「そう。だから、テッちゃんも何も言わないんだろうけど」

「あれで……か？」

「ウン。ツッくんがマジギレになったら、あんなんじゃ済まないよ。そうなったら、俺じゃダメなんだよねぇ。だから、テッちゃん、絶対、身体張ってでも止めるし。そういう意味じゃ、まだ、ぜんぜん余裕」

冗談でなく？

マジでか？

だったら。

あの凶暴さで本気ではないとなると、中学のときの蓮城って……どうよ？

――などと。新たな事実に、思わず、ウッ…くと言葉に詰まる面々であった。

「やっぱ、義務教育の中学生と違って、高校生って、それなりに大人…って感じ？」

いや。

それは。

ちょっと、違う気が……。

――とは思いつつ。誰も、それを口に出せない。

「でも。ちょっと、安心した」

「安心…って？」

「だって、江上たちまで一年と同じようなこと思ってたら、俺、マジでヘコむもん」

それが、紛れもない龍平の本音であった。

江上たちの言葉が、其《そ》の場凌《しの》ぎの嘘で固められたものではないと。それが十二分に伝わってきて。龍平には、それが、何よりも嬉しかった。

「あいつらは、おまえらにまるっきり免疫《めんえき》ねーから。だから、目に見えてるモノしか視えねーんだよ」

しみじみと実感を込めて、江上が言う。初っ端《ぱな》、自分たちがそうであったように、こればかりは実際に自分で経験してみなければわからないことであった。

「だからって、あいつらがバカ丸出しだってことに変わりはねーけど」

他のメンバーもコクコクとしっかり頷《うなず》く。

自分たちは、あそこまで無自覚のノータリンではなかったと、それだけはキッパリ言い切ることのできる面々だった。

「ついでに、もうひとつ聞いていい？」

「何を？」

「女子部の大津って……どんな奴？」

「どんなって……」

眉間にわずかに皺を寄せて、江上は口ごもる。

「そいつがテッちゃんに暴言投げつけた張本人だって、ホント？」

「いや……そこまでは」

「ふーん……。永井は？　知ってる？」

「や……ぜんぜん」

「梶原は？」

「聞いてねーな」

「山形は、どお？」

「女子部の新人のことまでは、わっかんねーって」

そんな一人一人に言質《げんち》を取るように名指しで問われたら、つい……うっかりで口を滑《すべ》らせるのもコワイ。

――と。いつになく、真剣にビビる面々であった。

あとで。誰が言った、言わない……ので、モメるのも困る。

なんと言っても。

ついさっき。部室で、一年部員がそれをやって盛大《せいだい》に墓穴を掘りまくったばかりだ。

しかも。

「そっかぁ。ンじゃ、あとで、顔だけでも拝んでこようかな。どこのどいつがテッちゃんを卑怯者呼ばわりしたのか、俺もちゃんと知っときたいし。だって、どうせツッくんにもバレちゃうに決まってるから、そんとき、同じバスケ部なのに何も知らないじゃや、困るしね」

めっきりマジな顔つきでそんなことを言い出された日には、バスケ部の平穏は、まさに風前の灯火《ともしび》であった。

◆◇　　◆◇　　◆◇

放課後の体育館。

男子バスケ部の部活は、いつものように、ハードな練習メニューをガツガツこなしていた。

第一コートでは、レギュラー・メンバーがグループに別れてミニゲーム。

第二コートでは、二年生がシュート練習とフォーメーションの確認《かくにん》。

第三コートでは、一年生が基礎《きそ》練習。

限られた時間の中で、どれほど濃密《のうみつ》な練習ができるか。

攻撃力《こうげきりょく》。

守備力。

組織力。

集中力。

持久力。

体力。

どれかひとつが欠けても、インターハイの県予選を勝ち抜《ぬ》くことはできない。

冬の大会であと一歩及《およ》ばなかったその悔《くや》しさは、日々の練習で補うしかない。

コートに入れば、誰一人として無駄口《むだぐち》を叩く者はいない。

繰り返し身体に叩き込まれた条件反射のごとく、肉体は躍動《やくどう》するのだった。

そんな中。

上級生に倣《なら》って、いつもはスケジュール通りにみっちりと脇目《わきめ》も振らずに基礎練に励《はげ》んでいるはずの一年部員たちは、誰も彼もが判で押したような絶不調だった。

昨日までの練習風景とは雲泥《うんでい》の差。

くったりと項垂《うなだ》れたその顔つきは、まるで冴えず。

やる気も、気力も萎《な》えまくり――なのは、一目瞭然だった。

そんな一年部員を横目で見据《みす》える黒崎の視線は厳しい。

本来なら、

『タラタラやってんじゃねーッ。気合い入れろッ！』

ぐらいの雷《かみなり》を落としたいところだが。黒崎はグッと堪《こら》える。

今それをやると、発奮するどころか、最悪のドツボを這《は》い回るだけだろう。それが、わかりきっていたので。

（とりあえず市村が復活したと思ったら、今度は一年かよ。ホント、やってらんねーぜ）

練習時間を大幅《おおはば》に過ぎて体育館にやってきた一年部員の顔は、揃《そろ》いも揃って、蒼《あお》ざめて痙《ひき》っていた。

その理由を、黒崎は、

「何やってんだ、おまえらッ。やる気、あんのかッ！」

一発、派手に怒鳴《どな》り上げたあとで知った。

「あいつら、みんなして市村の地雷《じらい》を踏《ふ》んじまいましたから。当分ドツボだと思います」

ブスリと口を尖らせた江上は、その龍平よりも更に不機嫌《ふきげん》だった。
龍平の『地雷』と言えば。
朝っぱらから派手に燃え広がっている例の『噂』である。
江上が言うには。
「地雷を踏んだついでに、全部、モロバレになってしまいました」
そういうこと――らしい。
女子部の大津のことも。
一年生の間で公然と囁かれている『刷り込み』も。
つまりは、龍平に聞かせたくない『アレ』も『コレ』も、一気に全部バレまくり。
(…ったく。これじゃあ、白河に口止めした意味がねーだろうがよ)
それを思って。黒崎はどっぷり深々と、この日、一番デカいため息を漏らした。

＊＊＊＊＊　VI　＊＊＊＊＊

午後五時三十分。

哲史は、蓮城家の自室にいた。

自分の部屋なのに、ベッドの端《はし》に浅く腰掛《こしか》けた尻はどうにも居心地《いごこち》悪げに落ち着かない。

それもそのはずで。目の前にはいまだに制服のまま翼が、どっかりデスク・チェアーに背もたれて哲史を睨《ね》めつけていた。

哲史も翼も、何の部活動もやっていない帰宅部だが。普段、登校時とは違って、二人が一緒に帰ってくることは滅多にない。

蓮城家の家事を一人でこなしている哲史は日直でもない限り、毎日がキッチリと定時下校である。

分刻みのスケジュールに追われて時間を無駄に使いたくない——というより、身に付いてしまった習性だ。

哲史にとって家事は苦痛でも義務感でもなく、生活の一部である。『家』と『学校』の区別なく、哲史なりに一日の生活サイクルがすっかり出来上がってしまっていた。

対して、翼の方はというと。

放課後はいろいろと、有意義に使っている――らしい。哲史がそれを深く詮索《せんさく》したことはなかったが。

翼は哲史のことならなんでも把握《はあく》しておかないと気が済まないタチだが、哲史はそのへんは大雑把《おおざっぱ》というか、

『まっ、いっかぁ』

その一言で済ませるぐらいには。けっこう緩《ゆる》い。

――で。

ときたま、ポカをやらかすのである。今回のように……。

まるっきり摑《つか》み所のない天然ボケは龍平の代名詞であるが、なんでもシャキシャキとそつなくこなしているようで、時々、意外なところで抜けているのが哲史であった。

いつものように。

だが。いつもとはまるっきり違う昼休み《ランチタイム》が終わって、哲史のクラスを出るときに、翼にボソリと耳打ちをされたのだ。

「帰り。駐輪場で待ってろ」

いや……。

耳打ちというには、あまりにもミエミエなトーンの低さに。さすがの哲史も、

（やっぱ、ヤバイだろぉ……）

背筋がピキピキになってしまった。

結局。

昼飯を食ってどうにか復活に漕《こ》ぎ着けたのは龍平だけで、翼の機嫌は地の底をどんよりと這いずり回ったままだった。

そういうわけで、哲史と翼は一緒に学校から帰ってきた。

つまりは、強制連行されてしまったのだが。本当に、こんなことは滅多にあることではないので、下校時間になって駐輪場で翼を待っている間、哲史が……というより、周囲の者たちの方がずっとソワソワと落ちつかなげであった。

なんと言っても、哲史自身がスキャンダラスな『噂』の当事者でもあったし。そこへ、いつもは鉢合わせをするはずのない翼が不機嫌なオーラ垂れ流しでやって来たりするものだから、駐輪場は一時凍《こお》りついた。

家に帰りつくと。翼の不機嫌は収まるどころか、全開になった。

今更、他人の視線を気にするような翼ではなかったが。それでも、ようやく誰にも邪魔をされずに哲史とゆっくり話ができると思った――とたん、全てのガードがすっぽり抜け落ちてしまったのかもしれない。

いつものように。

いや、いつもよりも、ずっとざくしゃくと哲史が着替《きが》えを済ませて。双眼《そうがん》のカラーレンズを外して、机の引き出しにしまうまで。翼は自分の部屋には行かず、じっと、背後からそれを見ていた。

何も語らず。

ただ、凝視《み》ていただけ。

だが。

無言のプレッシャーが背中に突き刺さる。

『さっさとしろ』

『いつまで待たせるんだよ』

『ヘタな言い訳なんか考えてんじゃねー』

そう言われているような気がして。

気にするまいと思っても、気になる。

けれども。哲史から声をかけるには、そのキッカケすらも作り辛《づら》い雰囲気だった。

なにしろ、翼の視線がいつも以上にキリキリと尖っていたので。ヘタに声をかけると、ますます墓穴を掘ってしまいそうな気がして。

それで。今に至る……わけだが。

さすがに。沈黙が——痛い。

「……で？」

ようやく、翼の口からそれが漏れたときには……たとえ、それが一言というにはあまりにも端的《たんてき》な一語であったとしても、哲史の肩から、あからさまにホッと力が抜けた。

「あ……だから、だな」

「だから？——なに？」

「……ゴメン」

とりあえず。先に謝ってしまう。

翼が何を怒っているのかは明白だったし。

なのに。

「ゴメン…って？　どれが？」

底意地悪く、翼は片眉《かたまゆ》を聳《そび》やかす。

（どれ…って……）

キッチリと自覚があるのはひとつだけで、それ以外に何かあっただろうかと。哲史は、思わず、首をひねる。

つらつらと記憶《きおく》を手繰《たぐ》ってみても、やはり、思い当たるのはひとつしかない。

（……わかんねーって）

それでも。

何はさておき。

まずは、自覚のあることから——である。

「だから、一年五組の奴らとトラブったことはおまえに話したけど、そんときに、きっつい暴言カマされたことまではおまえに言ってなかったからさ」

「親衛隊との喧嘩に負けた腹いせに、俺に仕返しを頼んだ卑怯モン——って、か?」

ことさら平坦な声でそれを言われると、けっこう……クる。

低めに絞ったトーンでさらりと吐《は》かれると、なまじ激昂《げっこう》されるよりも始末が悪いことを、哲史はよぉぉぉく知っていた。

「俺が一番ムカツクことがなんだか……おまえ知ってるよな?」

「——知ってる」

翼が一番嫌いなこと。

それは。

哲史に、

【嘘をつかれること】

【隠《かく》し事をされること】

——である。

「なら、なんで言わなかった？」

「別に、隠そうと思ってたわけじゃねーって。なんか……あんまりバカバカしくてさ。だったら、わざわざおまえの耳に入れるまでもないかな……って」

「俺がソッコーで、そいつらをシメに行ったらマズイと思ったのか？」

（あー……やっぱ、そういう噂が翼の耳にも入ってたんだ？）

つまりは。

そういう展開になってもおかしくない――というより、誰もがそれを信じて疑いもしなかったということなのだろう。

（…て、ことは。やっぱ、仕返しとか……みんな、そういうふうに思ってたりすんのかな）

今更のように、それを思う哲史だった。

「違うって。そんなんじゃないってことは、俺が一番よくわかってるから。だから、そういうことを口にするのもアホらしくて……俺がイヤだったんだよ」

「どこのバカがアホな勘違いをしようが、ド阿呆が何をやらかそうが、関係ない。俺は、そういうことを他人の口から聞かされる方がもっとムカツクって言ってんだよ」

「……だよな。ゴメン」

「龍平だって、同じだろ。でなけりゃ、あいつが、あんなキレ方するわけねーしな」

それを言われると、哲史は、もう……何の言い訳もできない。

あれは、確かにマズかった。

普段の龍平が龍平だから、わかっていると思っていても、つい……忘れてしまうのだ。根っ子の部分では、翼と双璧《そうへき》であるのを。前もってちゃんと言っておけば、あんなことにはならなかっただろう。

「ウン。それは、もう、キッチリ反省した」

しっかり。

くっきり。

龍平にも謝った。

龍平は龍平で、

「テッちゃんは何も悪くない。悪いのは、暴言吐いた奴らなんだから。だから、テッちゃんは俺に謝ることなんてないよ」

最後の最後まで、そのことにこだわっていたのだが。

どっちにしろ。

今回のことで。

哲史は、親衛隊とのトラブルが原因でできた亀裂が更に別口で大きく広がってしまったことを自覚しないではいられなかった。

いや。

自覚はしたけれども。

それで、何をどうするかと言われれば……今のところ、ため息しか出ないのだが。

だから。

「…ンで？　おまえは、どうしたいんだ？」

翼に改まって問われたときも、

「どう…って——俺は別に、どうもする気はないけど？……ていうか、ブッちゃけた話、俺がどうこういう問題じゃねーだろ？　なのに、なんで、みんなわかんねーかな。俺、そっちの方が不思議」

そう答えるしかなくて。

「でも、それじゃあ、やっぱ……マズイか？」

上目遣《うわめづか》いに翼を見やる。

「おまえがそのつもりでも、収まらない奴が出てくるだろ」

収まらない奴……。

それが龍平を指していないことは明白だった。

「俺があいつらをガッツにシバき倒すのと、天然ボケの龍平が目ン玉吊《つ》り上げて過激に一言吐き捨てるのとじゃ、まるっきりインパクトが違うからな」

「それは……そうなんだけど」

「ぐっさりドツボにはまって立ち上がれなくなるか、逆ギレするか……だろ」

とたん。

哲史は、ウッ…くと言葉に詰まる。

ドツボと、逆ギレ。

哲史としては、どちらも御免被《ごめんこうむ》りたいところだが。翼がそれを言うと妙に真実味があって、どうにもシャレにならない。

「ヘタすりゃ、親衛隊の奴らみたいに不登校になっちまうとか?」

「俺的には、あいつらが部屋の隅でひっそり腐れちまっても、ぜんぜん構わねーけどな」

「…翼ぁ……。おまえ……なんで知ってんの、それ」

龍平が過激に吐き捨てた問題発言《それ》を、どうして?

その場にいなかった翼が知っているのか。

いつのまに?

誰に、聞いたのか。

「普段ボケてる奴がキレると、やっぱ、言うことにも過激に重みがあるよな。聞いてた奴ら、呆然絶句の嵐だったんじゃねーか?」

(呆然絶句…っていうか、半分凍ってたような気がすんだけど。龍平、おもいっきり吐き捨てちゃったから)

翼が知っているのだから、この分じゃあ、きっと、本館にも全部筒抜《つつぬ》けだろう。それを思って。哲史は、どんよりとため息を漏らす。

――と。

翼は、更に駄目《だめ》押しをするように言った。

「あいつら、号泣状態で、午前中はぜんぜん使い物にならなかったらしい」

「え…？　マジ？」

「さすが、龍平の影力ってのは半端じゃねーよな」

（おまえが、それを言うなって……）

龍平も、翼にそれを言われては面《おも》映《は》ゆいどころか困惑《こんわく》するだけだろう。

なんと言っても、両極端に弾けていることでは双璧な二人である。

そんなことより、哲史が気になるのは。

なぜ、翼が本館のことまで知っているのか――である。

「なんで、そんなことまで知ってるんだよ？」

「わざわざ聞き耳を立てなくても、本館の情報なら、そこら中で垂れ流しだろうが」

垂れ流し……。

その割りには、まったく……ぜんぜん、哲史の耳には入ってこないのだが。

「だったら、龍平の耳にも入ってる……よな？」

「たぶんな」

「大丈夫かな」

「何が？」

「や……だから、気にしてたりとか……」

「バァカ。そんくらいでメゲるわけねーだろ、あいつが」

「だって、龍平、今まで女の子泣かしたことなんてないしさ」

いや、今回のことだって、別に、龍平のせい……ではないのだが。

「泣きゃあなんでも許されると思ってんじゃねー――ぐらいのことは思ってるかもな」

「龍平は……そこまでキツくねーって」

基本的に、龍平はすごく優しい。それを知っているから。

だから。

今回のことで、龍平の方にまで変なトバッチリが行くのが、哲史としては嫌なのだ。

いや……困る。

「まっ、号泣されてもウザイことに変わりねーけどな」

結局、逆ギレされるよりはマシなだけ――なのかもしれないが。

「要は、今度のことが変なとこに飛び火しなきゃいいってことだ」

「飛び火って……。あ……五組以外の不登校やってるクラスにか？」

「そうすりゃ、何の問題もねーだろ」

あっさりと翼が言うほど、簡単な問題でもないと思うのだが。

「…ていうか、そういう可能性《こと》もあるわけ?」

「親が、グチャグチャ文句垂れてるらしいな」

「……そっかぁ」

哲史的には、ひっそり腐れてくれても構わないが。せっかく高校に入学して一ヵ月過ぎたら不登校――とかになれば、やはり、親は心配するだろう。

「でも、翼、なんか急に……えらく情報通になってない?」

知っているか、いないかは別として。日頃はまったく、そんなことはおくびにも出さないのに。今日一日の情報量は半端じゃないような気がする哲史だった。

すると。

「あー、鳴海に聞いた」

さらりと吐かれたその名前に、哲史は、マジマジと双眸《そうぼう》を見開いた。

(なんで、鳴海?)

どうして。

……鳴海?

いったい。

なんで、そこで——鳴海？

「おまえ……鳴海と仲いいの？」

そんなはずはない——とは思いつつ。あまりの思いがけなさに、つい、口が滑《すべ》った。

とたん。

「あいつ、駐輪場にいたんだってぇ？」

心なしか、翼のトーンが低くなる。

「あ……」

それでようやく、哲史は、翼の言った『どれが？』の意味を知った。

「いつもは目が合っても絶対擦《す》り寄ってこない奴が、朝一で、いきなり『余裕だな』とか言いやがった」

哲史の知る限り、どんな体育会系の猛者《もさ》でも、名指しで翼の面《メン》を切る奴はいなかった。

しかも、寝起《ねお》きが悪くてバイオリズムの最低線を這《は》いずり回っている朝一……。

(う…わぁぁ……マジか？　鳴海……チャレンジャーだよなぁ)

さすが、全国チャンピオン。

見かけは『猛者』という言葉からは百万光年離《はな》れている鳴海だが、度胸はピカイチ——らしい。

「あいつは、駐輪場での後始末に興味があったらしい」

哲史は、どんよりとため息を零《こぼ》した。

「ンじゃ、鳴海にみんな聞いちゃったわけだ？」

「聞いてねー」

「……え？」

「その前に、龍平がブチキレたからな」

「……そっか」

「だから——話せ。全部。あったこと、みんな。俺は……おまえの口から聞きたい」

「初めから？」

「そうだ」

「……て、いうか。時間も時間だしさ」

チラリと見やった机の上の時計は、すでに、六時を回っていた。

「メシ食ったあとじゃ……ダメ？」

「……………」

「チャチャッと、支度《したく》するから。腹減ってるだろ？」

「メシで丸め込めるなんて、思ってねーだろうな」

「思ってねーよ」

哲史は、ただ、とりあえず腹がいっぱいになったら、少しは翼の機嫌が復活するかもしれない――と思っているだけだ。

そしたら。尖り切った翼の矛先《ほこさき》も、少しは和らぐかもしれないと。

それを、ちょっとだけ――期待している。

さすがに。このままでは、なんだか腰が落ち着かない哲史だった。

◆◇　　　◆◇　　　◆◇

食後の濃い茶を、ゆったりと啜る。

温《ぬる》すぎず。

熱すぎず。

まろやかな渋味がある『橘貴《きったか》』が、翼の一番のお気に入りだ。

コーヒーより。

紅茶より。

中国茶より――緑茶。

翼の父親はそれを知っているので、毎年、知り合いの実家に頼んで新茶を取り寄せている。

その知り合い……父親の仕事上のパートナーでもある山岡《やまおか》は、ほんの幼児の頃から翼とも顔見知りで、

「ガキの頃から口を肥えさせるとロクなことにならない」

などと、その親バカぶりをけなすが。よけいなお世話だと、翼は思っている。

ほかに何を贅沢《ぜいたく》しているわけでも、あれこれ強請《ねだ》っているわけでもない。だったら、茶くらい好きに飲ませろ——である。

もっとも。山岡の言う『口の肥える茶』というのが、グラムいくらくらいで売っているのかまでは知らない翼だったが。

ちなみに。哲史は、

「翼、そんなにお茶が好きなら、茶道《さどう》とかやってみたら？　翼が渋《しぶ》い着物きてお茶点《た》てるのとか、すごい似合いそう。俺、見てみたい気がする」

ボケたことを言うが。そんなもの、翼は真っ平ゴメンである。

龍平は龍平で、

「ツッくんのイメージからいくと、けっこうミスマッチな感じ」

平然とほざいてくれた。

そこで下手に突っ込んで、その『イメージ』とやらを聞いたりしたら、よけいに腹が立ちそうで。翼は聞き流してしまったのだが。なにせ、龍平の感覚《センス》はなにげに非常識というか、過激に個性的でブッ飛んでいる。

そのお気に入りの一服《いっぷく》をじっくり味わいながら、翼は、台所で茶碗《ちゃわん》を洗っている哲史の後ろ姿を流し見て、知らず、小さくため息をついた。

結局。時間も時間だし、哲史の話は食事をしながらの事後報告になった。

まぁ、晩飯のオカズにするにはけっこうハード……というか、翼的にはムカツク内容であったのは言うまでもないことだが。キッチリ何もかも、哲史の口から直に聞くことができて、一応は翼の気も収まった。

しかし。

はっきり言って。

あのとき、鳴海が口にした『余裕』など、翼にはない。

哲史を『卑怯者』呼ばわりされて、平然としていられるはずがない。

本当は、ソッコーで、一年のクソバカどもをガツガツにシバき倒してやりたかった。

だが。翼よりも龍平が先にブチキレてしまったから、それもできなかったのだ。

二番煎《にばんせん》じは、翼のプライドが許さない。

もちろん。それも、あるが。

実のところ。龍平と二人して暴走したら、それは、いくらなんでもマジでヤバイだろう。そう思ったからだった。

いや。

別に、暴走する分には何の差し障《さわ》りもないが。それを哲史のせいにされて、また、何だのかんだの言われるのだけは絶対に嫌だったのだ。

当然のことながら、煮えたぎった頭を冷やすには、それなりの時間がかかった。

(けど、龍平の奴……あいつは、ホント、一番大事なところで美味《おい》しいトコばっかり取っていきやがるよな)

高校受験、しかり。

バスケ部の乱闘事件、しかり。

そして——今朝のことでも、だ。

翼がキレると周囲が凍るだけだが。普段は滅多にキレない龍平がマジギレになるときは、たいがい、周囲を巻き込んでの大爆発になる。

その影響力もそうだが、人的被害《ひがい》でいけば翼の比ではない。

そういうところを、まったく、ぜんぜん自覚していないのが龍平——なのだが。

(俺にちょっとシメられただけで不登校になっちまう奴はウザイから、部屋の隅っこでひっそり腐れてろ…って、か?)

天然ボケな龍平にしては上出来な啖呵《タンカ》である。

——と、翼は思っている。

できることなら、翼自身が、不登校をやっている奴らの横っ面をその言葉で張り倒してやりたいところであった。

そんな根性ナシの尻拭いを哲史にさせようとした正義漢気取りの偽善者《ぎぜんしゃ》は、問答無用で叩きのめしてやりたいところだが。翼が派手に鉄拳《てっけん》制裁を加えるより、龍平の、

『おまえら、サイテー』

『絶対に許さない』

その爆弾発言の方が数倍威力《いりょく》があるかもしれない。

なんと言っても。龍平は絶大な人気を誇るバスケ部のエースであり、女生徒にとっては憧れの王子様である。

そんな龍平に頭ごなしに完全拒否をされたら、殴られるよりももっと、心臓にズクズクくるだろう。それを思って、

(まっ、そいつらもウザイから、ついでに派手に腐れちまえ……だよな)

少しばかり溜飲《りゅういん》を下げる翼だった。

＊＊＊＊＊　Ⅶ　＊＊＊＊＊

風呂《ふろ》上がりの火照《ほて》った身体に、冷えた緑茶の一気飲み。

愛用のマグカップになみなみ注いだ中身がアッという間になくなると、ようやく、喉の渇きも薄《うす》れて。

「はぁぁ………」

哲史の口からは、ため息ともつかぬモノが零れた。

(やっぱ、学校じゃ、それなりに気が張ってたのかな)

何か、こう……一日の終わりになって、溜まっていた疲れがドッと出た。そういう気がしないでもない哲史だった。

いや。

実は。

風呂の中で、ついでにあれこれと考え事をしていて、いつもより、けっこう長風呂になってしまったのだ。ノボセはしなかったが、ちょっとは、そのせいもあるかもしれない。

哲史には、まだもうひとつ、翼に言っていない秘密《こと》があった。

（『NAJIMA』でのこと……やっぱ、翼に言っとかなきゃ、マジでヤバイかも）

こっちは、完璧に内緒《ないしょ》だったので。他所《よそ》から翼の耳にでも入ったら、もう、ブチキレるかもしれない。

なんと言っても、あの佐伯絡みだし。

しかも。龍平とコミで暴言吐きまくられたわけで。

それを、バスケ部の連中にも知られてしまった。

――と、なれば。

やはり、このまま黙っているのはマズイだろう。

（何の関係もない奴に卑怯者呼ばわりされたくらいであれだけ怒るんだから、翼、あのことを知ったら激憤《げきふん》かも……）

アノこと。

それは、もちろん。龍平と『デキてる』呼ばわりをされたことである。

龍平は、

「俺とテッちゃんの、どこが、デキてるって言うんだよ。あいつ、ノーミソ腐ってるんじゃない？」

おもいっきり憤慨《ふんがい》していたが。

実のところ。勘違いも甚《はなは》だしい佐伯に暴言を投げつけられて、哲史は、ほんの少しだけギクリとしたのだ。

龍平とはまったくの事実無根だが、翼とはしっかりデキていたので。

『あんなこと』も。

『こんなこと』も。

ついで、アレも。

コレも。

普通は、たぶん、男が経験しないようなコトも。

全部——経験済み。

あのときは、哲史が動揺するよりも先に龍平がキレかかって、そんなことはすぐに頭の端《はし》からスッ飛んでしまったが。なんにせよ。佐伯に背を向けたままで本当によかったと、今更のように思う哲史だった。

だから。

今朝の、今——だし。

誰かの口から漏れる前に、哲史からちゃんと、翼にそれを言っておかなければ……。

——と、思う反面。

(でも、翼……変に龍平のこと意識しちゃってるからなぁ。俺と龍平がデキてる呼ばわりされ

たと知ったら、なんか……よけいに煽《あお》っちゃいそうで、ヤな感じ――なんだけど）

それがあるから、哲史は、翼になかなか言い出せなかったのだ。

龍平は、哲史にとっては翼と同じくらい大事な幼馴染みで。

龍平の底抜《そこぬ》けの明るさが、何があってもメゲない前向きな大らかさが好きで。

大好きで……。

その存在を切り放すことなんて考えられないくらい、大切な親友で。

けれど。

哲史が龍平と『デキる』ことなんて、絶対に有り得ない。

哲史は翼とはセックスできるが、龍平とは無理だ。

龍平がどれほどスキンシップ過剰で懐き倒されても、無理なものは――無理。

なぜなら。龍平にとって、哲史は安全パイの抱《だ》き枕《まくら》だからだ。

意外なところでけっこう繊細《せんさい》な龍平のための、熟睡《じゆくすい》モードの必需品《ひつじゆひん》。

（俺、翼はセックスしちゃっても全然ＯＫなくらい大好きだけど。龍平は……。俺は龍平が大好きだからエッチなんて絶対できないよ）

好きだから『できる』こと。

好きだから『できない』こと。

哲史の中では、その線引きはくっきりと明確だった。

だが。哲史がそれをいくら力説しても、翼の龍平に対するこだわりは抜けないらしい。

（なんで、わかんねーかなぁ。俺……翼だけなのに）

哲史がセックスしたいと思っているのは、翼だけだ。もともと、そういうことにはあまり興味がなかったせいもあるが、翼に、

「俺は、おまえの一番になりたい」

それを言われて。おもいっきり刷り込みが入ったのかもしれない。

セックスしたいから好き……なのではなく。

好きだから、心も身体も全部、欲しい。

だから、哲史は、翼以外の誰とも抱き合いたいとは思わない。

そういう意味では、哲史の中で翼と龍平はまったく両極の存在だった。

「俺がしたいのは、おまえだけ」

その哲史の言葉を信じていないとか、そういうことではなく。

『好きだから龍平とはできない』

それは、翼の中で、抜くに抜けない『棘《とげ》』になっているらしかった。

そして。

それは。

翼が哲史を好きでたまらないこととは、まったくの別次元のこだわりであるらしい。

いつもは傲慢《ごうまん》なくらいに余裕綽々《よゆうしゃくしゃく》な翼が見せる、唯一、気弱な部分。

そんな、まるで聞き分けのないガキみたいな翼も可愛くて、哲史は大好きなのだが。

(どっちにしろ、内緒事はバレると厄介《やっかい》だから、早いとこ話しておいた方がいいよなぁ)

そんなことをつらつらと思っていると。

「やけに長風呂だった」

頭のすぐ後ろから、やけに不機嫌《ふきげん》な声がして。

「……ッ!」

ビックリ。

……ドッキリ。

哲史は、手にしたマグカップを落としそうになった。

「な……なに?」

ドクドクと異様に逸る鼓動に押されてぎくしゃくと振り返ると、

「……ったく、トロトロしてんじゃねーって」

翼がムッツリと、哲史の手からマグカップをもぎ取って流し《シンク》に置き。いきなりで、何がなんだかわからずに呆気に取られる哲史の腕を掴んで、

「ほら、来い」

引っ張った。

え？

――なに？

――――どうして？

「ちょっ……翼、なに？　なんだよ？」

訳もわからず半ば引き摺《ず》られるように階段を上がり、翼の部屋に連れ込まれる。

「翼ッ？」

どうしたんだよ？

その問いかけは、いきなりのキスで塞《ふさ》がれた。

（…わッ……）

思わず、双眸を見開いて――固まる。

ドキドキと一気に弾け上がった鼓動で、一瞬、視界が熱く染まった。

すると。

押しつけられた唇が絶妙《ぜつみょう》のタイミングで『クチュリ』と蠢《うごめ》き、哲史は、目の裏を刺《さ》すような痛みすら覚えて、ギュッ…と瞼《まぶた》を閉じた。

逸る鼓動の熱さと。

チリチリと喉を灼《や》く呼気の熱。

密着した身体の温《ぬく》もりと。

重ねた唇の——甘さ。

キスは、いつもより執拗《しつよう》だった。まるで、翼の苛立《いらだ》ちをそのまま表わしているかのように。

角度を変えて、浅く。

きつく。

——深く。

微熱《びねつ》を孕《はら》んで。

甘く。

……たっぷりと。

歯列を割り、強引《ごういん》にねじ込まれた舌先で口蓋《こうがい》を舐《な》められる。

上顎《うわあご》をチロチロとくすぐられると、それだけで『ヒクリ』と喉が痙《ひきつ》り。ねっとりと執拗に舐め回されると、ツプツプと快感の波が背筋を走った。

翼の腕に搦《から》め取られて、身じろぎもできないまま。

おもうさま……キスを貪られて。

哲史は、ガクガクと膝《ひざ》の力が抜けていくのを感じた。

◆
◇

◆
◇

◆
◇

抱きしめて——キス。

有無《うむ》を言わさず腕の中に抱き込んで、その唇をおもうさま貪る。

ディープに。

……エロく。

トリッキーに。

舌をねじ込んで。

——歯列の裏を。

——口腔《こうこう》を。

好きなだけ舐め回して。

逃《に》げる哲史の舌を搦め取って、吸い上げる。

そうやって、腕の中の哲史の身体からくったり芯が抜けてしまうまでキスを貪り尽《つ》くして、
ようやく、翼は少しだけ気が晴れた。

(……ったく、焦《じ》らしやがって)

いや。

……たぶん。

哲史は、焦らしているつもりなど微塵もないのだろうが。今日は朝っぱらからさんざん不快な思いをさせられた翼にしてみれば、その分はたっぷり、キッチリ利子を付けて取り返さなけ

れば、どうにも気が済まなかった。

手を離せば、そのままズルズルとへたり込んでしまいそうな哲史を抱《だ》きかかえ直して。翼は、ためらいもなくベッドに引き摺り込む。

とたん。

哲史は。一瞬、ピクリと頭をもたげた。

——が。

翼は問答無用で組み敷《し》いて、更に身動きできないようにする。

そうやって翼に伸《の》し掛《か》かられてしまうと、翼に比べればずいぶんほっそりと小柄《こがら》な哲史は、それだけで息苦しそうだった。

だが。

「…つば…さぁ……」

妙に声が掠れているのはその息苦しさばかりではないことを、翼は知っている。

ピッタリと密着したモノは、ほんのわずかな変化も隠せない。

それを自覚させるように、少しだけ下肢《かし》に力を込めて揺すってやると。哲史は、ウッ…くと息を呑んで下唇をヒクつかせた。

それでも。

ここで抱き潰されるのはヤバイと思っているのか、

「……お……れ……俺……明日――たい……く……」

ひっそりと、牽制《けんせい》する。

それが気に入らなくて。翼は、さっきの刺激だけで半勃《はんだ》ちになってしまった哲史のそれに手を伸ばし、
握《にぎ》り込む。

「だから――なんだ？」

――瞬間。

哲史は。呻《うめ》く代わりに、耳の付け根まで真っ赤になった。

けれども。

そのまま、翼が指の先でやわやわと揉《も》んでも、

『やめろ』

とは、言わなかった。

むろん。哲史がウルウルの眼《め》で『やめて』と泣きを入れても、翼はやめるつもりなど更々なかったが。

――と。

哲史は、

「だ…っから……エッチ、だけ……。エッチだけ……に、して。――な？」

必死にそれを口にする。

濃厚《のうこう》な『セックス』か。

軽めの『エッチ』か。

それは。明日の授業で体育がある——哲史の中では、どうしても譲《ゆず》れない一線であることには違いない。

しかし。

哲史の口からその一言が出たことで、内心、翼はほくそえんだ。

つまりは。

腰が立たなくなるまで『する』のも『中出し』するのもダメだが。

好きなだけ——『弄《いじ》くり』回して。

いっぱい——『鳴かせ』て。

何度でも——『イかせ』ても、構わないと。

その確約を取り付けたも同然だったからだ。

なので、翼は。

「いいぞ」

ことさら甘く、

「エッチだけ……な？」

口の端をやんわりと吊り上げて、笑った。

◆◇　　◆◇　　◆◇

握り込まれたモノは、痛いくらいに張り詰めていた。

隠そうにも隠せない、情欲の証《あかし》。

『エッチだけにして』

それを言ったのは自分なのに、

「いいぞ。エッチだけ……な？」

目と鼻の先でニンマリ翼が笑うと、何か……見透《みす》かされたような気がして。哲史の鼓動は、ドクドクと一気に逸った。

昨日……いや、土曜の夜もめいっぱいヤって、たっぷり溜め込んだ蜜《ミルク》は全部吐き出した――蜜口がヒリヒリと痛むくらいにキッチリ全部搾《しぼ》り取られた――はずなのに、翼にキスをされただけで、まるで条件反射のように、そこが……ズクリと疼いた。

熱を生《う》んで。

羞恥《しゅうち》を孕《はら》んで。

快感を望んで。

──硬《かた》くなる。

それが『イヤ』なのではなく、もっと『して』ほしくなる自分が、哲史は嫌《きら》いではない。

「フッー、両想いなら、一日中ガンガンやりまくりだろうが。俺は、おまえがイくときの顔を思い出すだけで勃《た》つぞ」

翼ほど過激に大胆《だいたん》にはなれなくても、翼と抱き合うだけで幸せになれる自分を、哲史は知っていた。

翼とキスをするのが好きだ。

キスは、気持ちいい。

でも。キスだけで硬くなっているのは、それ……だけじゃない。

普段はそこに在《あ》ることすら忘れている胸の粒が、パジャマに擦《こす》られて痛くなるほどに尖っていた。

だから。

「哲史。乳首……勃ってんぞ」

尾《び》てい骨にモロにクるような甘い声で、

「……舐めてやろうか？」

耳たぶを甘咬《あまが》みされると、爪の先まで煮立《にた》ってきそうで。とっさに、太股《ふともも》をギュッと擦り合わせた。

――と。股間に絡みついた翼の指をよりリアルに感じる羽目になって。哲史の心臓はバクバクになった。

「心配すんな。ちゃんと舐めてやる。もっと、キリキリに尖るまで舐めて、咬んで……吸ってやる。おまえの腰がジンジン痺れて、これがカチカチに熱くなるまでな」

◆◇　　◆◇　　◆◇

握り込んだモノは、熱かった。

だが。

それでは、まだ――足りない。

ほんのりとピンクに色付いたグミのように尖りきった哲史の乳首を舌で転がして舐め上げると、それだけで、手の中のモノはヒクリと脈を打った。

舐めて。

……ねぶって。

舌先で弾《はじ》いてやる。

そうすると、哲史の股間に絡みついている愉悦《ゆえつ》がゆるりと根を張って発芽することを、翼はよく知っていた。

舌で弾かれて更に尖りを増したものを、今度はたっぷりとねぶってやる。

ゆっくり。

何度も。

そのたびに、

「…ッ…あ…ぁぁぁ……」

掠れた吐息が小さくうねり。

甘く咬んで吸ってやると、

「…あッ…ん……あッ…あッ………」

うねる吐息が裏返って喘ぎになった。

その喘ぎを煽《あお》るように、なおも乳首をクチュクチュと甘咬みしながら握り込んだモノを揉みしだく。

掌《てのひら》でゆるゆると袋《ふくろ》ごと揉み込んで、時折、熟《う》んだ熱の在《あ》り処《か》を確かめるようにクリクリと双珠を指先で弄《いじ》る。

すると。それがたまらない刺激になるのか、哲史は、

「…ひッ…あぁぁ……」

腰をよじって、ヒクヒクと身悶《みもだ》えた。

普段の哲史の声はスッキリと凜々《りり》しいが、翼の手で股間のモノを揉みしだかれて上げる喘ぎ

はハスキーで、耳触《みみざわ》りのいい甘さになる。

そして。トロトロと先走りの蜜を零しはじめると、

「んッ……んッ…はぁ…ん……あ……ぁぁ………」

喘ぎに艶《つや》が混じり、いい声で鳴くのだ。

「…ぅば…さ……つば…さ…ぁ……」

堪《こら》えきれないように、哲史が甘く掠れた声で翼の名前を口走る。

その声を聞きたくて、いや——その先にある翼だけが知る秘密の扉《とびら》を開いてしまいたくて、

「哲史。ほら、目ぇ……開けろ」

翼は執拗《しつよう》に手の中のモノを揉みしだく。

ゆるく。

きつく。

グリグリ……と。

「目ぇ開けて、ちゃんと、俺を見ろ」

哲史の蒼眸《そうぼう》が、翼の望む艶色《つやいろ》になるまで。

◆◇　◆◇　◆◇

ひっそりと静まり返った部屋の中。
後頭部をベッドのシーツに擦り付けたまま、背骨が浮き上がるほど身体をしならせて、
「あッ…あッ…んッ…んッ……い…あぁぁぁ………」
半開きになった哲史の口から、引っ切りなしに嬌声《きょうせい》が零れる。
身体の芯にこびりついた快感が擦れて――痛い。
膿《う》んだ熱が喉を灼《や》いて。
頭の芯がズクズク蕩けていく。
それでも。
爪先まで痙《ひきつ》れるような愉悦の渦は哲史を呑み込んだまま放そうとはしなかった。

＊＊＊＊＊　エピローグ　＊＊＊＊＊

放課後。

下校時間もとうに過ぎてすっかり静まり返った本館校舎、一階。

第三ミーティング・ルームから出てくるなり、藤堂と鷹司は、どちらからともなくため息を漏らした。

それが、また、ドンピシャでハモったりするものだから、二人は、思わずチロリと横目で互いを見やり。

そして。

無言のままわずかに視線を逸らせて、また、小さく息を吐いた。

……らしくない。

その場で二人の今の状況《じょうきょう》を見ていたら、たぶん、マジマジと目を瞠《みは》り、

『どうしちゃったんだ、おまえら？』

皆が皆、それを口にするだろう。

その通り。

まったく、いつもの二人らしくなかった。

「……ったく……」

ボソリと一言こぼす藤堂の表情は、いつになく硬《かた》い。いつも余裕綽々な沙神高校生徒会会長の眉間にくっきりと縦ジワなど、滅多に拝めない光景である。

「ホント、まいっちゃうよねぇ」

口調はいつも通りの柔らかさだが、声音《トーン》はずいぶん低い。当然、鷹司の顔に和やかな笑みは見られない。

イライラ。

……モヤモヤ。

…………ムラムラ。

別に、誰も見てないからいいや——というわけではないだろうが。いつもとは違ったモノを垂れ流しながら、二人は肩を並べて歩き出す。

生徒会執行部の会長と副会長として名指しで呼び出されるのは慣れてはいるが、肩書きとは別口の用件で二人揃《そろ》って教頭に呼び出されたのには訳があった。

今週頭《アタマ》の、例の『騒動《そうどう》』から四日目。

一年五組の欠席者は、クラスの過半数を大幅《おおはば》に超《こ》えた。

いっそ、学級閉鎖《へいさ》にした方がかえってスッキリするのではないかと、ヒソヒソ囁かれているほどである。

ある意味、

『あぁ……やっぱり』

予想に違《たが》わず——というか。

それとも、

『喧嘩を吹っかけるなら後々のことも考えて、ちゃんと相手を選ばなきゃ』

自業自得論を強調——するか。

あるいは、

『なんだ、もうちょっと根性あるのかと思ったのに』

期待外れの肩透《かたす》かし——とみるか。

それは人様々であろうが。どんな理由をこじつけて欠席届けを出したとしても、一目瞭然。全校生徒の目から見れば、それが詐病《さびょう》であることに変わりはなかった。

しかし。

学校内では派手にガンガン燃えまくりな噂も、校外には持ち出さない——という暗黙《あんもく》の了解《りょうかい》でもあるのか、特に箝口令《かんこうれい》が敷《し》かれているわけでもないのに、生徒の口は、我が家ではけっこう固い。

【口は禍《わざわい》の門】

それを実証してしまったケースが目の前に在るのだから、誰も、二の舞《まい》を演じたくないということなのかもしれない。

そのせいか。情報不足の保護者からは、

『学級崩壊《ほうかい》ではないか？』

問い合わせの電話が多数寄せられているらしい。

確かに。そう言えなくもない状況では、ある。

一学年主任と五組担任は、そのうちストレスで胃に穴が開いてしまうのではないかと、もっぱらの噂であった。

学校側としても対応に苦慮《くりょ》しており、いい加減、それも限界に来た。だが、これ以上の騒《さわ》ぎは、極力抑《おさ》えたい。

——というのが、今回、二人が呼び出された理由でもあった。

「緊急《きんきゅう》クラス会……ねぇ」

オブザーバーとして、そのクラス会に参加しろという要請《ようせい》である。

「まっ、いいんだけど。出ろと言われれば、出ても」

本音はどうであれ、保護者側に対する生徒側代表としての『肩書き』は申し分のない二人であった。

いざとなれば、そもそもの『元凶《げんきょう》』となった騒動の真相を明確に語れるだけの証人でもあることだし。教師が又聞《またぎ》きして伝えるよりもよほど正確で、事実を変に歪める心配もない。

——が。

「俺たちは、あくまで、ただのオブザーバー……だからな」

やけにリキを込めて『オブザーバー』を強調する藤堂の顔は、苦り切っている。

それも、そのはずで。そのクラス会には、二人のほかにあと三人の『オブザーバー』の出席が予定されている。

蓮城翼。

市村龍平。

杉本哲史。

——の、三人である。

教頭の話によれば、彼ら三人には、後日、学年主任から話をするということらしい。

藤堂にしてみれば、どう見ても当事者である三人と同列の『オブザーバー』というのが、どうにも納得いかない。

と……いうより。わかりきった結末を見届けるだけのオブザーバーに、いったい何の意味があるのか。まったくもって気乗りがしない。

つまりは、そういうことであった。

「荒れるだろうね」

予想的中率２００％というのも、困ったものである。

ひょっとしたら、通常の倍増しでは納まらないかもしれない。

なんと言っても、世間様の常識が通用しない美貌のカリスマと天然脱力キングな王子様の強《きょう》烈《れつ》タッグである。

「俺に言わせりゃ、最初から核弾頭《かくだんとう》ふたつブチ込んでどうすんだ？——だけどな」

拒否権《きょひけん》を行使できるのなら、迷わず発動したい藤堂であった。

「ハハハ……。藤堂ってば、露骨すぎ」

あからさますぎて、乾《かわ》いた笑いを返すしかない鷹司であった。

どう言い繕《つくろ》っても、それ以外、適当な喩《たと》えがないのも事実だったりするが。

「保護者からの強い要望だっていうんだから。しょうがないいんじゃない？」

（でも、ミエミエ……なんだよねぇ。ちゃんとわかってるんだったら、いいんだけど）

「だからぁ。俺的には。あいつらを引っ張り出すんなら、玉砕覚悟《ぎょくさいかくご》で来いッ！——って、言いたいわけよ」

今日の藤堂は、いつになく過激に本音を吐きまくる。

まぁ、それに関する限り、鷹司には何の異論もないのだが。

「何の予備知識もナシにブッ付け本番っていうのがねぇ」

「どう考えても、無謀《むぼう》だろ」

誰が？

それは、もちろん。

保護者が——だ。

誰に、どこまで聞いているのかは知らないが。百聞は一見に如《し》かず——である。

「まず最初に蓮城君の美貌にフラフラ舞《ま》い上がって、あとは、天国から地獄へ一気にジェットコースター——みたいな感じ？」

どんなにチャチなジェットコースターでも、普通は下ったら上って、最後はちゃんとスタート地点に戻るようになっているが。翼と龍平が同乗している限り、ひたすら、地獄の底を這《は》いずり回るだけ……に決まっている。

「無自覚に地雷ボコボコ踏んで、バタバタ爆死《ばくし》しそう」

プロットも何もいらない。そのまま、緊急クラス会の崩壊シナリオが書けそうな気がする鷹司であった。

勝負は、年齢の格差でも頭数の違いでもない。

単に年齢《とし》を喰っているだけの常識論を振りかざす大人では、頭のキレすぎる確信犯の舌鋒《ぜっぽう》には勝てないだろう。

「なんたって、蓮城……だしな」

――と。

鷹司は、どんよりとため息をついた。

「蓮城君の中学のとき異名《あだな》……。なんだか、知ってる？」

「渾名《あだな》？　地獄の大天使――だろ？」

それを聞いたときには、シャレにならないジョークだと思ったが。

「ウン。それは、ひっそりと囁かれていた方」

「ひっそり……って……。ほかにもあんのか？」

「僕が知ってるので一番ポピュラーなのが『担任潰し』……」

とたん。

藤堂は、なんとも言いがたい顔をした。

「それって……ポピュラー、なのか？」

（フツー、言わねーだろ）

そう思う藤堂の中学時代は挫折《ざせつ》とは無縁《むえん》の、常に『勝ち組』の王道を一直線であった。

基本的に、それは沙神高校に入学してからも変わってはいないが。生徒会長に就任しての今期は、難問が山積みである。その最大の課題が哲史たち三人組絡《がら》みだった。

「ほら。蓮城君って、中学時代は確信犯で『落ちこぼれ』てたみたいだから。そこらへん、教師とは相性が悪すぎたみたい。…で、一番割り喰っちゃったのが担任――なんじゃない？」

何を基準に『普通』か『普通ではない』かを線引きするのか、それは、非常に難しい判断であるには違いない。

だが。先入観という刷り込みがなくならないのも、また、現実であった。

鷹司は、哲史たちとは小学校は別だったので、その頃《ころ》の彼らのことを詳《くわ》しく知っているわけではないのだが。それでも、派手な『噂』は山のようにあった。

天使な大魔王——翼の凶悪ぶりは、まさにあんぐりするほどであったし。その頃の『担任潰し』が中学になっても現在進行形であることは誰もが知っていた。

蒼眸の哲史の家庭事情は、有ること無いこと、スキャンダラスに飛び交《か》っていた。羨望《せんぼう》のアイドルというカテゴリーには納まりきれないカリスマな翼に特別扱《あつか》いの贔屓《ひいき》されていることで、ヤッカミもイジメも凄《すご》かったらしいことも。

特に。鷹司的に、何が一番ビックリしたかと言えば。あの『市村龍平』が養護学級一歩手前の『ノロマのドン亀《がめ》』呼ばわりをされていた、という事実である。

要するに。無関心を装《よそお》うには、あまりにも強烈すぎる三人組だったのだ。

惑《まど》わされる者。

虜《とりこ》になる者。

反発しながらも魅《ひ》かれないではいられない者。

距離《きょり》を置いて傍観者に徹《てつ》する者。

それは、たぶん、年齢も性別も、生徒も教師も関係なかったのではないか。

たった二人にしか懐かない、プライドが高くて、とても綺麗な子ども。そんな希《け》有《う》な存在を自分が手懐《てなず》けてみたいという願望が歴代の担任になかったとは言えないだろう。

翼の『担任潰し』という異名にはそんな裏事情が付きまとって見えるのは、鷹司の穿《うが》った見方であろうか。

「派手に突っ張ってるヤンキーの方が、まだ可愛げがある……って、か？」

「まぁ、ね。熱血も一歩間違うと、ただのウザイお節介ヤローになっちゃうから」

「そりゃ、普段の蓮城に比べりゃ、誰だってウザイおしゃべりヤローだろうぜ」

（……つーか。それを言うなら、あの天然しゃべりな市村に『ツッ君』呼ばわりされても、ブチキレない蓮城っていうのもなぁ。『慣れ』の一言で済ませるには、ホント、いまだにスゲー違《い》和《わ》感があるし。俺、相手が慎吾でも、さすがにこの年齢《とし》になってまで『タッ君』呼ばわりされたら、絶対、蹴り入れるな）

つらつらと、そんなことを考えていた藤堂の後頭部を、

「……でね。当時の小日向《こひなた》中ですっごく有名だったのが『親バカ殺し』……だったりするわけ」

鷹司は、したたかに蹴り付けた。

――瞬間。

藤堂は、あんぐりと双眸《そうぼう》を見開いた。

「……マジ？」

「本マジ」

そして。

束《つか》の間、マジマジと鷹司を凝視《ぎょうし》する。

「それって……もしかしなくても、杉本絡み——なんだよな？」

「蓮城君、筋金入りの凶暴なダーリンだから。子どもの喧嘩に出張ってくるような親バカは容赦なくメッタ斬《ぎ》り」

なにげに容赦ないのは、もしかして、鷹司の『口』ではなかろうかと。密かに思わずにはいられない藤堂だった。

「僕は、その現場を一度も見たことはないんだけど、聞いた話じゃ、蓮城君、本領発揮の独壇《どくだん》場《じょう》？　もう、毒舌暴言がバリバリに冴えまくってスゴかったらしいよ。蓮城君の父親、弁舌キレる凄腕《すごうで》の弁護士らしいから。やっぱり、血は争えないって感じ」

「はぁぁぁ………」

どっぷり深々とため息をついて、今度こそ、藤堂はその場にへたり込みたくなった。

「…『担任潰し』に『親バカ殺し』……か」

そんな話、普通ならば笑い飛ばしたいところだが。

（このタイミングで、それってどうよ？）

——とか思うと。藤堂の頭には、

『最低最悪』

その四文字しか思い浮かばなくて。

「俺……。今度のオブザーバーの話、謹《つつし》んで辞退したくなった」

つい、泣きが入ってしまいそうになる藤堂だった。

「う～ん……。もう決まっちゃったことだし。僕らが勝手に棄権宣言《リタイア》ブチかますのも、ねぇ。そこはもう、凶暴なダーリンと天然脱力キングの二人が派手な暴走しないように、ハニーな杉本君に期待するしかないんじゃない？」

実のところ。

鷹司は、本マジでそれを期待しているのだった。

沙神高校で両極を張るカリスマな二人の暴走劇を見たいわけではないが。どうせ、避《さ》けられないことなら、いっそ、哲史に本領を発揮してもらいたいと思う鷹司だった。

哲史の本領。

それは。擬態《ぎたい》している『パンピー』の殻《から》を脱《ぬ》ぎ捨てて、半端じゃないカリスマな二人とタメを張れる真の価値を見せてもらいたいということである。

（だって、もったいないじゃない。杉本君の本当の価値を誰も知らないままなんて……）

この先、哲史の、あの綺麗な蒼眸を見るチャンスは二度と巡《めぐ》ってはこないかもしれないが。

無理に、それを期待したりはしないが。

だったら。

せめて。

『杉本哲史』の本当の姿を見たいッ。

——と思うのは、そんなに押しつけがましい願望なのだろうかと。

聞けるものならば、哲史の本音をぜひ聞いてみたいと思う鷹司だった。

あとがき

こんにちは。

のっけからなんですが。震度《しんど》5の地震なんてモノを、初めて体験してしまいました。

いやぁ、もう、ビックリ仰天《ぎょうてん》ブッたまげ……です。ちょうど洗濯物《せんたくもの》を干そうとしてベランダに出ようとしたとたん、いきなりガツガツ来まして。

ローリングしてグラグラ？

まともに立っていられなくて、頭真っ白……です。

だって、目の前で書棚《しょだな》とか家具がガッコンガッコン薙《な》ぎ倒《たお》されてるんですよ？

テレビの防災訓練の映像とかでは見たことはありますけど、まさか、そういうことを自分の家でリアルに実体験する羽目になるとは思ってもみませんでした。

マジで、怖《こわ》かったです。

家の中は、シッチャカメッチャカ……。

倒れた家具を踏《ふ》み越《こ》えて子どもと一緒《いっしょ》に外に出たとたん、屋上から轟音《ごうおん》とともに貯水タンクの水がズザーッと降ってきまして。や……もう、呆然《ぼうぜん》絶句——です。

うち、マンションなんですけど。幸いにして建物自体は損壊《そんかい》してどうこう……なんて大事には至りませんでしたが、それでも、ヒビ割れとか欠落とかの被害《ひがい》はあって。

家の片付けは別にして、何が一番大変だったかというと、エレベーターが使えないことと断水——のダブルパンチでした。

以前、福岡は大渇水《かっすい》があって、その時も思ったんですけど。人間、日々の生活で水が使えないともうお手上げ……。

飲料水だけのことではなくて、何しろ、トイレからして水に頼《たよ》っているわけですし。その日は、昨夜のお風呂《ふろ》の残り湯を抜《ぬ》いてしまわなくてよかったと、つくづく思いました。それだけでも、けっこう活用できますしね。

とりあえず、水と食べ物を確保しなくちゃならないということで近くのコンビニに走りました。こういうときは、誰《だれ》も皆《みな》、考えることは同じですよね。タッチの差でお弁当とおにぎりが買えてホッとしました。

その後、給水車が来てくれたんですけど。それだってエレベーターが使えないので階段を何往復もして、もう、心臓バクバク、足も腰《こし》もガクガク。

その上、後片付けに部屋の中を靴《くつ》で歩き回る……という状態で、なんか、クラクラ目眩《めまい》がしそうでした。

じっとしていても、身体《からだ》が揺《ゆ》れてるような気がして。それが余震《よしん》なのか、ただの錯覚《さっかく》なのか……よくわからない状態。

その日は疲《つか》れているのに神経過敏症《かびんしょう》？　寝《ね》る場所は最低限確保できても眠《ねむ》れなかったです、ホント。

もう、大丈夫《だいじょうぶ》かなと思っていたら、その後、またけっこう大きいのが来たりするし……。

火事と交通事故に過失はあるけど、地震は100％天災ですから。どこにも、誰にも文句なんか言えません。忍耐《にんたい》と根性で、黙々《もくもく》と後片付けに励《はげ》むだけです。

はぁぁ………。

誰も怪我《けが》をしなかったことが不幸中の幸い、ですね。

でも、ぎっちり溜《た》め込んでいた本を泣く泣く処分しました。でないと、もう、足の踏み場もなくて。とりあえず避《さ》けて……とかいう余裕《よゆう》もなくて。

（さらば、あたしの青春）

――です。

と、いうことで。

前置きが長くなりましたが。『くされ縁《えん》の法則③』でございます。

今回のテーマは、ポヤヤンをかなぐり捨てた大魔神《だいまじん》な龍平《りゅうへい》君です（笑）。

翼《つばさ》には翼の、龍平には龍平の譲《ゆず》れない一線があるということで。『独占欲《どくせんよく》のスタンス』ということになりました。

でも。前作の後始末編のはずだったのに、どうして、傷口がどんどん抉《えぐ》れていってしまうのでしょうか？

翼君の三倍返しではありませんが、つ…次こそはきっちりと落としまえを……と思っております（汗《あせ》）。

——で。

出ます。

何が？

ドラマＣＤ『くされ縁の法則２　熱情のバランス』が、六月に（たぶん）。

今度は、ド…ドーンッといきなりの二枚組。

マリンさんからお話をいただいたときには、

（ハハハ……いいのかなぁ、ホント）

なんて、思ったりして。

よくよく考えてみると、他社さんのも全部含《ふく》めてこれまで出していただいたドラマＣＤで一枚きりで納まったのって、四作品しかないんですよ。あら、ビックリなんですけど。

しかも、シリーズ物になると二作目からは判で押したように二枚組（笑）。や……一発目から三枚組という濃《こ》ゆいのもありますが。やっぱり、掟破《おきて》り……かもしれない。

でも、せっかくの二枚組なので。ここはもう、小説には書けなかった（書かなかった？）裏設定をビッチリ……と、やっております。

前作で、キャラ・ボイスの皆様《みなさま》のナマ声が脳内インプットされていますので、シナリオを書くのも楽しかったです。

そんなものだから。つい、アレも、コレも……と欲張りたくなっちゃうんですよねぇ。

今回は、ついでのオマケで生徒会執行部《しっこうぶ》コンビのラブラブ♡デート（？）も込《こ》みで——という仕上がりになっておりますので。ぜひ、聴《き》いてくださいね。御《ご》感想などいただけると、更《さら》に嬉《うれ》しいです。

——で、もって。

七月には『子供《ガキ》の領分Ⅵ』が、八月には『子供《ガキ》の領分Ⅶ』が（こちらは角川さんより通信販《はん》売《ばい》オンリー）出ます。こちらも、どうぞ、お楽しみに♡

——さて。

話は変わりまして。

前回の『あとがき』でもお知らせいたしましたが、愛と野望（笑）のたっぷり詰《つ》まった自費ドラマCDは着々と進行中でございます。

今更のようですが、タイトルは『影《かげ》の館』です。

どれだけの方が覚えていらっしゃるか……ちょっと不安。——というほどには昔の作品ですが、それだけに吉原的には愛情も意気込みも満載《まんさい》ですので。

やるからには聞き応《ごた》えのあるものをじっくり……と思っています。

なんといっても、天上界ロマネスク（と、当時の裏書きには書いてありました）ですから。

つらつら考えてみるに。はるか以前（笑）マガジン・マガジンさんで出していただいた『銀のレクイエム』以来、久々のファンタジー・コスチュームものなんですよね。

なので、ゴージャスに。

ねっとりと濃く。

どシリアス＆ハード――で頑張《がんば》りたいです。

一応、二枚組ではないけど二枚で。

上巻『光《エロヒム》の書』

下巻『影《シャヘル》の書』

二カ月連続で出せればいいかな、と。

価格は……たぶん、市販の物よりはお高くなるのではないかと。うーん……やっぱり自費ですから、どうしても、そこらへん限界というものがあって（笑）。

販売方法なども、まだ決まっていませんので。これから、煮詰《につ》めていきたいです。

とりあえず、夏から秋あたりを目指して頑張ってみようかなと。

はっきり決まり次第、随時《ずいじ》『あとがき』でお知らせしていきたいと思っておりますので、今しばらくお待ちください。

あ……。

大事なことを忘れてました。

現時点で、キャラ・ボイスの皆様は左記のように決定いたしました♡

＊ルシファー——緑川光《みどりかわひかる》さん。
＊ミカエル——三木眞一郎《みきしんいちろう》さん。
＊ラファエル——遊佐浩二《ゆさこうじ》さん。
＊ガブリエル——大川透《おおかわとおる》さん。
＊アシタロテ——千葉進歩《ちばすすむ》さん。

な…なんか、あまりにもゴージャスな方々に目が潰《つぶ》れそうです。

『う…わぁ……。きゃあッ♡』

——と、ひとり派手に舞《ま》い上がって。

それから、ちょっと自分のフトコロを心配してみたりして……ハハハ。

最終的にどのようなキャラ・ボイスの皆様が勢揃《せいぞろ》いするのか、すごく楽しみです。

——さて、さて。

地震《じしん》が来ても、締《し》め切《き》りは容赦《ようしゃ》なく来るわけで。この先のお仕事関係は……順調に詰まってます（笑）。

次作は『子供《ガキ》の領分　ハイパー2』かな。

まずは、目の前のモノから一つずつ片付けていきたいと思ってます。

最後の最後になってしまいましたが、神葉理世《しんばりぜ》さま。いつもありがとうございます。最後の最後（…って、どこだ？）まで、よろしくお付き合いくださいませ。

それでは……。

平成十七年四月

吉原理恵子

KADOKAWA RUBY BUNKO

くされ縁《えん》の法則《ほうそく》3
独占欲《どくせんよく》のスタンス
吉原理恵子《よしはらりえこ》

角川ルビー文庫　R17-25　13826

平成17年6月1日　初版発行

発行者――井上伸一郎
発行所――株式会社角川書店
東京都千代田区富士見2-13-3
電話/編集(03)3238-8697
営業(03)3238-8521
〒102-8177 振替00130-9-195208
印刷所――旭印刷　製本所――コオトブックライン
装幀者――鈴木洋介

ISBN4-04-434225-3　C0193　定価はカバーに明記してあります。

KADOKAWA RUBY BUNKO

角川ルビー文庫

いつも「ルビー文庫」を
ご愛読いただきありがとうございます。
今回の作品はいかがでしたか?
ぜひ、ご感想をお寄せください。

〈ファンレターのあて先〉

〒102-8177 東京都千代田区富士見2-13-3
角川書店 アニメ・コミック編集部気付
「吉原理恵子先生」係

ルビー文庫
もう、やめてやれないから——あきらめな
秘かに憧れていた、サックスプレイヤー・高遠の
淫らなキスシーンに遭遇してしまった希。
ショックをうける彼を翻弄するように、高遠は希に口づけ、そして……。
崎谷はるひ
イラスト／高久尚子
ミルククラウンのためいき

ルビー文庫
形状記憶衝動
狂おしいまでに飢《かつ》えた、この衝動を。
──きみだけが、知らない。
気鬱な日々を過ごす元・天才ディーラー・高城は、
プロサーフーァーを目指す高校生、和士と出会った
ことにより、無くしたはずの鮮やかな衝動を呼び起こされ─。
崎谷はるひ
イラスト／緒田涼歌